BIBLIOTHEQUE D'EDUCATION

# PAUL ET VIRGINIE

par

BERARDIN DE SAINT-PIERRE.

D. EYMERY.

# PAUL ET VIRGINIE.

*Paul et Virginie.*

# PAUL ET VIRGINIE

PAR

## BERNARDIN DE SAINT PIERRE

Avec une Notice sur la Vie de l'Auteur, écrite par lui même

Mort de Virginie.

A PARIS
Chez Martial Ardant Frères
Rue Hautefeuille, 14.
A LIMOGES
même Maison.

# PAUL
# ET VIRGINIE

PAR J.-H. BERNARDIN-DE-SAINT-PIERRE ;

**AVEC UNE NOTICE SUR SA VIE**

ÉCRITE PAR LUI-MÊME

ET PUBLIÉE

**Par M. Aimé-Martin.**

.... Miseris succurrere disco.
*Æneid.*, lib. I.

LIMOGES

MARTIAL ARDANT FRÈRES, ÉDITEURS

rue de la Terrasse.

# VIE DE L'AUTEUR,

## ÉCRITE PAR LUI-MÊME.

En 1809, M. Péale, l'un des peintres les plus distingués des Etat-Unis d'Amérique, vint à Paris, chargé par son gouvernement de faire les portraits de plusieurs hommes célèbres, entre autres celui de Bernardin de Saint-Pierre. Sa mission remplie, il pria incessamment l'auteur des Etudes de tracer, dans une courte notice, l'histoire des principaux événemens de sa vie. C'est, lui écrivait-il, quelques coups de pinceaux que je vous prie d'ajouter à mon ouvrage, afin d'accroître, s'il se peut, l'intérêt qu'il doit inspirer à mes compatriotes.

Bernardin de Saint-Pierre ne fut point insensible à cette prière. Long-temps persécuté dans notre vieille Europe, il aimait à penser que, dans un nouveau monde, il avait trouvé des appréciateurs et des amis. Ainsi s'agrandissent les champs de gloire : la découverte de l'Amérique a doublé, pour les bienfaiteurs des hommes, les hommages de la postérité.

Il traça donc, avec amour, la notice modeste et rapide que nous offrons aujourd'hui aux nombreux lecteurs de Paul et Virginie. Sans doute la plupart de ces lecteurs ne s'informent guère si cette délicieuse pastorale est l'ouvrage d'un grand philosophe, ou d'un politique habile; ils ne réfléchissent pas; ils pleurent. Dès lors, la fiction s'évanouit, et le livre n'est pour eux qu'une histoire véritable. C'est ainsi que tous les personnages de Paul et Virginie deviennent des êtres réels que l'on chérit, dont on partage les affections. L'art de l'auteur n'est pas seulement de leur donner la vie, mais de nous faire vivre avec eux. Avec eux, on goûte les douces joies de la famille, on s'enivre des beautés ineffables de la nature; avec eux, on aime, on souffre, on prie. Les douleurs de Paul arrachent des torrens de larmes, et la mort de Virginie plonge dans un abattement qui ressemble au désespoir. Il est vrai que la réflexion corrige bientôt ce premier mouvement. L'image mortelle de Virginie disparaît avec ses souffrances, et l'on est tenté d'invoquer comme un ange, la vierge pure qui couronne une vie de sacrifices, en s'immolant à la pudeur !

Nous osons le dire, nul écrivain, dans aucune langue, ne s'est élevé à un pathétique aussi sublime. Avec quelle profonde philosophie il fait ressortir les scènes les plus déchirantes du préjugé le plus funeste, celui de la naissance ! N'est-ce pas, en effet, ce triste préjugé qui frappe à la fois l'humble Marguerite et la noble madame de La Tour ? ne se glisse-t-il pas, comme un autre Satan sous le toit de leur pauvre cabane, pour en troubler l'union, pour en chasser le bonheur? N'est-ce pas lui qui sépare ces deux enfans, heureux jusque-là par l'innocence, et dont les chastes amours, rêvés par Milton, n'avaient encore eu de modèle que sous les ombrages du paradis terrestre?

Au sein de la vieille Europe, je vois une femme altière qui concentre tout son mérite dans sa naissance, toutes ses affections dans ces parchemins. Elle apparaît, et les douces unions sont rompues, et les liens de famille sont brisés! C'est une furie qui sacrifie tout à l'orgueil, et qui meurt enfin victime de ses propres préjugés, déchirée de remords, environnée de l'athéisme et de la superstition, sans amis pour lui fermer les yeux, sans enfans pour perpétuer sa noblesse, triste chimère qui lui fut plus sacrée que la vertu!

Ainsi, partout, les préjugés réagissent des opprimés aux oppresseurs; partout sont les tyrans plus malheureux que leurs victimes. Vérité évangélique, qui nous conduit, par la pitié, à l'amour de la justice et du prochain, Bernardin de Saint-Pierre en fit la base de tous ses ouvrages. Après l'avoir exprimée dans le vieux paysan Polonais, commentée dans les Etudes de la Nature, mise en action dans Paul et Virginie, il l'applique à nos sociétés dans les Vœux d'un Solitaire, et, redoublant d'efforts, en traçant la Chaumière indienne, il en étend les effets au genre humain. Telle est la pensée dominante de ses diverses compositions. Le philosophe appelle à lui les hommes de toutes les castes, de tous les rangs, de tous les climats, pour leur inspirer le goût des biens naturels ; la crainte des dons de la fortune, et l'horreur des folles ambitions !

Malgré les injustices, les oublis et les persécutions de la patrie, ce grand homme a joui de sa gloire. Il a vu ses doctrines se propager dans les deux mondes, et il a reçu des témoignages d'admiration et de respect de toutes les renommées qui ont passé autour de lui. On lui adressait en même temps d'Athènes et de Constantinople, de Varsovie et de Pétersbourg, de Vienne et de Londres, de l'île Bourbon et de Saint-Domingue, des traductions de ses ouvrages ; et il a vu Paul et Virginie dans toutes les langues, dans tous les formats, et usé par toutes les classes de lecteurs. Que si les artistes français ne s'empressèrent pas d'illustrer leurs pinceaux en s'associant à une gloire qu'ils n'avaient pas comprise, l'Amérique envoya vers lui un de ses enfans, et sollicita, par l'entremise de son ambassadeur, l'avantage d'enrichir le Musée de Philadelphie d'un de ses portraits. C'est à cette occasion, comme nous l'avons dit, qu'il traça le tableau abrégé de sa vie. « Cette notice, qui ne contient guère plus » de quatre ou cinq feuillets, m'a occupé plusieurs » jours, écrivait Bernardin de Saint-Pierre à un de » ses amis, et elle a été un surcroît de travail qui » m'a fait négliger d'autres études. Vous me direz » peut-être, mon ami, ajoute-t-il avec une naïveté » charmante, qu'il y a un peu de vanité dans toutes » ces complaisances. Je vous assure que je ne m'y suis » laissé aller que par le plaisir de penser que des » étrangers m'avaient élevé un petit monument d'a» mitié dans leur pays. Puisque je suis quelquefois

» piqué des épines de l'ancien monde, irai-je refuser » les roses du nouveau *? » C'est donc le cœur plein d'un sentiment aimable de reconnaissance, que l'auteur de Paul et Virginie adressa à son jeune peintre les lignes suivantes :

« AIMABLE PHILADELPHE,

» Vous attachez trop d'importance à mon souvenir. M. votre père m'a écrit pour me remercier de vous avoir servi de modèle. Pour vous, vous désirez joindre à l'immortalité que votre pinceau vient de me donner dans le nouveau monde, quelques traits de ma vie mortelle dans l'ancien, sans doute afin de faire compensation. Enfin, pour donner un nouveau poids à votre demande, vous la faites appuyer par le ministre des Etats-Unis, M. Werden ; je tâcherai de vous satisfaire en peu de mots.

» Je suis né en 1737 **, au Hâvre-de-Grâce, en Normandie, de parens qui me firent donner ce qu'on appelle en Europe une bonne éducation. A douze ans, j'en fus si dégoûté, que, profitant de l'amitié d'un oncle qui commandait un navire de commerce, je fis un voyage à la Martinique. J'en revins encore plus mécontent de mon parent, de la mer, et de cette île où j'avais pensé mourir du mal du pays, que je ne l'avais été de mon pédagogue et de son collége.

» A mon retour, je repris mes études ; je les continuai successivement à Gisors, chez les jésuites à

* Correspondance de Bernardin de Saint-Pierre, t. III, page 228.

** Le 19 janvier.

Rouen, où je pris pour les lettres un goût que je perfectionnai à l'université de Caen.

» Cependant il me fallait un état qui m'assurât une fortune pour l'avenir. Je fus envoyé à Paris à l'école des ponts-et-chaussées, où j'appris le dessin des plans et les mathématiques ; delà j'entrai dans un corps d'ingénieurs des camps et armées, et l'année suivante * je fus envoyé à Malte, menacée d'une invasion de la part des Turcs. Les Turcs n'y vinrent point ; mais j'eus une querelle assez vive avec les ingénieurs ordinaires, attendu que je n'étais pas de leur corps. Elle me fit honneur, mais elle me fit perdre mon état.

» Je résolus alors d'aller chercher du service hors de ma patrie. Je vendis le peu que j'avais, et je m'embarquai pour la Hollande **, dans l'intention de passer en Portugal, alors en guerre avec l'Espagne. Le général Piquebourg, qui devait commander les troupes portugaises, était parti il y avait trois jours. Une nouvelle guerre s'allumait dans le Nord. L'empereur de Russie, Pierre III, voulait s'emparer du Holstein; il devait commencer son attaque par Lubeck. Cette ville était commandée par un de mes compatriotes, le chevalier de Chasot. Je lui offris mes services comme ingénieur; il m'invita à le venir joindre. Je passai deux mois chez lui. Nous attendions de jour en jour l'arrivée des Russes, lorsque nous apprîmes que leur empereur venait d'être détrôné. Sa femme, Catherine II, voulant rappeler dans ses états les arts libéraux que haïssait son mari, avait offert à

* En 1761.

** En 1762.

I. Torelli, beau-père du chevalier, d'être directeur e l'Académie de Pétersbourg ; je résolus de l'accompagner. Nous nous embarquâmes pour Cronstadt, le " septembre, et nous arrivâmes vers la fin du mois. Nous nous rendîmes à Pétersbourg le même jour; là ous apprîmes que l'impératrice était à Moscou, ce ui rendit mes lettres de recommandation inutiles usqu'au mois de janvier, que je fis ce voyage. Je fus ort bien reçu du grand-maître d'artillerie. J'entrai ngénieur-lieutenant dans le corps du génie. J'aurais robablement fini mes jours dans ce pays, si des iivers de six mois et des mœurs non moins rudes 'avaient altéré ma santé. Je demandai mon congé, qui me fut accordé après un an et demi de service. Je m'en revins en France par la Pologne. Ce pays alors livisé par des guerres intestines, me fit désirer d'y aire quelque action agréable à ma patrie où je retournais. Je me jetai dans le parti protégé par la France; mais en allant joindre le prince Radzivil, je fus fait prisonnier par le parti russe du service duquel je sortais *. Je fus assez heureux pour obtenir son estime dans ma prison même. Au bout de neuf jours, je fus relâché. Il me fus permis de retourner en France ou de séjourner à Varsovie. J'y passai un an dans les fêtes. Delà, je pris ma route à Dresde, ville située dans un pays charmant, mais dont la moitié des maisons était encore par terre par suite d'un bombardement du roi de Prusse; elle ne se relevait que par

* En 1764, Bernardin de Saint-Pierre a raconté lui-même cet événement. Voy. sa Relation, 3. volume de la Correspondance, page 62

la plus stricte économie. On avait réformé une partie de l'armée; il n'y avait point de service à obtenir à Dresde. Je me rendis à Berlin, curieux de comparer aux voluptueux Saxons les belliqueux Prussiens. Berlin, et surtout Postdam, ne me parurent que de magnifiques casernes. Je ne vis que des soldats dans les rues et des guêtres aux fenêtres. Le roi me fit offrir du service, mais je le remerciai. Le traitement qu'il voulait me faire comme ingénieur ne m'aurait pas donné de quoi vivre. Avant ce voyage j'avais vu Vienne; mais l'orgueil de ses habitans, et surtout de sa noblesse, m'en avait fait repartir presque aussitôt mon arrivée. Je revins à Paris où je trouvai l'occasion de m'embarquer pour l'Ile-de-France. Il s'agissait d'établir une colonie française à Madagascar. J'étais nommé ingénieur du fort Dauphin. Heureusement je fus retenu à l'Ile-de-France par un effet de la division des chefs. Celui qui était destiné pour Madagascar en fut rappelé au bout de quelques mois, ayant perdu presque tout son monde par une suite de l'intempérie d'un pays qu'il ne connaissait pas.

» Je restai deux ans à l'Ile-de-France, fort occupé de mon service. Il s'en fallait bien que j'y fusse heureux. Tout y était en combustion. L'intendant et le gouverneur, les habitans et les militaires, les persécutions particulières des ingénieurs ordinaires qui ne voyaient en moi qu'un officier qui n'était pas de leur corps, mon faible traitement de capitaine, payé en papier monnaie qui perdait 100 pour 100; et, plus que je ne peux le dire, le sort déplorable des malheureux noirs, ce spectacle continuel des maux de toute espèce me jeta dans une profonde mélancolie.

» Je sollicitai mon retour en France, et je l'obtins. Je comptais beaucoup sur le crédit d'un ambassadeur qui m'avait fait passer dans cette île ; il m'avait promis de m'attacher à son sort. Je lui rapportai des curiosités précieuses acquises par mes épargnes et par la générosité de quelques amis ; il les accepta, et ne m'offrit d'autres ressources que de retourner d'où je venais *.

» Dès ce moment je résolus de ne plus mettre ma confiance dans aucun homme. Je m'étais convaincu que la Providence régnait dans toute la nature ; je ne doutai pas qu'elle ne regnât aussi parmi les hommes, malgré leurs désordres. Je me décidai à creuser dans mon propre terrain pour y chercher de l'eau, et je renonçai à celui d'autrui.

» Je pris donc la plume, quoique j'en eusse fait déjà un essai infructueux. A mon retour des voyages du Nord, j'avais écrit un grand mémoire sur la Hollande, la Prusse, la Pologne et la Russie, que j'avais parcourues, et je l'avais remis au ministère des affaires étrangères, mais il ne produisit aucun effet. J'y avais cependant prédit le partage de la Pologne par les trois puissances voisines. Cette fois je résolus de prendre le public pour mon confident. J'écrivis mon voyage à l'Ile-de-France, et je le fis imprimer, sans me nommer. Il m'attira quelques éloges des journalistes, mais il me fit des ennemis à Versailles :

* M. de Breuteuil. Voy. l'Apologie de Bernardin de Saint-Pierre, à la tête de la Correspondance.

on ne me pardonna point d'avoir publié les désordres de la colonie, et déploré le sort des malheureux noirs.

» Je ne perdis pas courage; j'étendis mes vues plus loin : au bout de quelques années de retraite, je publiai les trois premiers volumes de mes Études de la Nature avec mon nom et mes surnoms *. J'y attaquais des abus et des erreurs en tout genre, et j'y annonçais une révolution prochaine, si on ne se hâtait d'y remédier. Cet ouvrage eut un grand succès : j'en fis successivement cinq éditions, en y ajoutant deux volumes. Il me mit à mon aise, et, sans les contrefaçons, il m'aurait fait une grande fortune. Cependant, dès les premières éditions, il me valut plusieurs pensions de la cour, sans que j'eusse besoin de les solliciter. Le roi Louis XVI me nomma de lui-même intendant du Jardin des Plantes et du Muséum d'histoire naturelle. Je me mariai, et ma compagne me donna plusieurs enfans.

» Je commençais à être heureux, lorsque la révolution que j'avais prédite arriva ; elle m'enleva ma place, mes pensions, et presque toutes mes économies.

» Ainsi j'ai passé dans cette navigation du monde, comme la plupart des hommes, à travers toutes les tempêtes de la vie, les préjugés, la mauvaise fortune, les maladies, les guerres, les procès, les calomnies, les contrefaçons et les banqueroutes tant publiques que particulières.

* En 1764.

» Cependant l'étoile de notre illustre empereur Bonaparte a dissipé pour moi tous ces orages. Il a rétabli une partie de ma fortune par plusieurs pensions, et il a y joint la croix d'honneur. Son frère Joseph, roi d'Espagne, y a mis le comble par une pension de six mille francs. Je dois ces bienfaits non sollicités au simple mouvement de bienfaisance naturel à ces deux grands princes.

» Je suis aussi heureux du côté de la nature. J'ai deux aimables enfans : ma fille, Virginie, âgée de 14 ans, élevée à Écouen par ordre de l'empereur, et mon fils Paul, âgé de 11 ans, qui étudie dans mon voisinage. J'ai perdu leur mère de bonne heure; mais j'ai recouvré, dans une seconde épouse, une femme rare, qui a élevé leur enfance et qui prend soin de ma vieillesse avec la même affection. J'ai 72 ans, et je jouis d'une santé sans infirmités. Le goût des muses et de la philosophie est toujours rempli de charmes pour moi. Il y a deux ans que j'ai publié un drame sur la mort de Socrate, auquel j'ai joint quelques autres opuscules. Je m'occupe à présent à finir un long ouvrage, que j'ai commencé il y a beaucoup d'années. La Providence a tout disposé pour m'en faciliter les moyens. J'ai un ermitage commode et agréable à sept lieues de Paris, sur le bord de l'Oise. J'y passe en toute liberté, avec une partie de ma famille, la moitié de chaque mois de la belle saison. Ainsi mon vaisseau, long-temps battu par les tempêtes, s'avance en paix, à la faveur des vents favorables, vers le port de la vie. Avant d'y jeter l'ancre pour toujours, je tâche d'en couronner la poupe quelques fleurs nouvelles.

» O sages Américains ! si, comme je l'ai souven désiré, j'avais pu cultiver un petit coin de vos vastes forêts et y vivre heureux, je vous serais sans doute inconnu ; mais si j'ai pu, en parcourant le monde, mériter le monument d'amitié que vous m'avez élevé dans votre musée, je bénirai tous les maux que j'ai soufferts. »

Quatre ans après avoir tracé ces lignes, Bernardin de Saint-Pierre n'était plus. Son pèlerinage se termina le 21 janvier 1814, à Éragny, dans la retraite qu'il aimait. La mort s'approcha de lui lentement et sans souffrance ; il l'accueillit comme une amie qui venait le délivrer des infirmités de la vieillesse. Si parfois les témoignages d'une affection trop vive troublaient la sérénité de son âme, il se fortifiait par la prière, puis il consolait ses enfans : « Je vous laisse sous la main de Dieu, leur disait-il ; c'est le plus tendre et le meilleur des pères ; vous ne cesserez d'être heureux que si vous cessez de vous fier à lui ! » Telles furent les dernières paroles de cet homme de bien.

Sa dépouille mortelle repose au cimetière du Pèr La Chaise, sous une pierre modeste, auprès du magnifique tombeau de Delille.

L. AIMÉ-MARTIN.

Le 20 septembre 1828.

# AVANT-PROPOS.

Je me suis proposé de grands desseins dans ce petit ouvrage. J'ai tâché d'y peindre un sol et des végétaux différens de ceux de l'Europe. Nos poètes ont assez reposé leurs amans sur le bords des ruisseaux, dans les prairies et sous les feuillages des hêtres. J'en ai voulu asseoir sur le rivage de la mer, au pied des rochers, à l'ombre des cocotiers, des bananiers et des citronniers en fleurs. Il ne manque à l'autre partie du monde que des Théocrite et des Virgile, pour que nous en ayons des tableaux au moins aussi intéressans que ceux de notre pays. Je sais que des voyageurs pleins de goût nous ont donné des descriptions enchantées de plusieurs îles de la mer du Sud, mais les mœurs de leurs habitans, et encore plus, celles des Européens qui y abordent, en gâtent souvent le paysage. J'ai désiré réunir à la beauté de la nature entre les tropiques, la beauté morale d'une petite société. Je me suis proposé aussi d'y mettre en évidence plusieurs grandes vérités; entre autre celle-ci, que notre bonheur consiste à vivre suivant la nature et la vertu. Cependant il ne m'a point fallu imaginer de roman pour peindre des familles heureuses. Je puis assurer que celles dont je vais parler ont vraiment existé, et que leur histoire est vraie dans ses principaux événemens. Ils m'ont été certifiés par plusieurs habitans que j'ai connus à l'Ile-de-France. Je n'y ai ajouté que quelques circonstances différentes, mais qui m'étant personnelles, ont encore en cela même de la réalité. Lorsque j'eus formé, il y a quelques années, une esquisse fort imparfaite de cette espèce de pastorale, je priai une belle dame qui fréquentait le grand monde, et des hommes graves qui en vivaient loin, d'en entendre la lecture, afin de pressentir l'effet qu'elle produirait sur des lecteurs de caractères si différens; j'eus la satisfaction de leur voir verser à tous des larmes. Ce fut le seul jugement que j'en pus tirer, et c'était aussi tout ce que j'en voulais savoir. Mais comme souvent un grand vice marche à la suite d'un petit talent, ce succès m'inspira la vanité de donner à mon ouvrage le titre de Tableau de la Nature. Heureusement je me rappelai combien la nature même du climat où je suis né m'était étrangère; combien, dans des pays où je n'ai vu ses productions qu'en voyageur, elle est riche, variée, aimable, magnifique, mystérieuse, et combien je suis dénué de sagacité, de goût et d'expressions, pour la connaître et la peindre. Je rentrai en moi-même. J'ai donc compris ce faible essai sous le nom et à la suite de mes Études de la Nature, que le public a accueillis avec tant de bonté; afin que ce titre, lui rappelant mon incapacité, le fît toujours souvenir de son indulgence

# PAUL

ET

# VIRGINIE.

Sur le côté oriental de la montagne qui s'élève derrière le Port-Louis de l'Ile-de-France, on voit, dans un terrain jadis cultivé, les ruines de deux petites cabanes. Elles sont situées presque au milieu d'un bassin formé par de grands rochers, qui n'a qu'une seule ouverture tournée au Nord. On aperçoit à gauche la montagne appelée le Morne de la Découverte, d'où l'on signale les vaisseaux qui abordent dans l'île; et, au bas de cette montagne, la ville nommée le Port-Louis; à droite, le chemin qui mène du Port-Louis au quartier de Pamplemousses; ensuite l'église de ce nom, qui s'élève avec ses avenues de bambous au milieu d'une grande plaine; et, plus loin, une forêt qui s'étend jusqu'aux extrémités de l'île. On distingue devant soi, sur les bords de la mer, la baie du Tombeau; un peu sur la droite, le cap malheureux; et, au-delà la pleine mer, où paraissent à fleur d'eau quelques îlots inhabités, entre autres le coin de Mire, qui ressemble à un bastion au milieu des flots.

A l'entrée de ce bassin, d'où l'on découvre tant d'objets, les échos de la montagne répètent sans cesse le bruit des vents qui agitent les forêts voisines, et le fracas des vagues qui se brisent au loin sur les récifs ; mais au pied même des cabanes on n'entend plus aucun bruit, et on ne voit autour de soi que de grands rochers escarpés comme des murailles. Des bouquets d'arbres croissent à leurs bases, dans leurs fentes, et jusque sur les cimes, où s'arrêtent les nuages. Les pluies, que leurs pitons attirent, peignent souvent les couleurs de l'arc-en-ciel sur leurs flancs verts et bruns, et entretiennent à leur pied les sources dont se forme la petite rivière des Lataniers. Un grand silence règne dans leur enceinte, où tout est paisible, l'air, les eaux, et la lumière. A peine l'écho y répète le murmure des palmistes qui croissent sur leurs plateaux élevés, et dont on voit les longues flèches toujours balancées par les vents. Un jour doux éclaire le fond de ce bassin, où le soleil ne luit qu'à midi ; mais dès l'aurore ses rayons en frappent le couronnement, dont les pics, s'élevant au-dessus des ombres de la montagne, paraissent d'or et de pourpre sur l'azur des cieux.

J'aimais à me rendre dans ce lieu, où l'on jouit à la fois d'une vue immense et d'une solitude profonde. Un jour que j'étais assis au pied de ces cabanes, et que j'en considérais les ruines, un homme déjà sur l'âge vint à passer aux environs. Il était, suivant la costume des anciens habitans, en petite veste et en long caleçon. Il marchait nu-pieds, et s'appuyait sur un bâton de bois d'ébène. Ses cheveux étaient tout blancs, et sa physionomie noble et simple. Je le saluai avec respect. Il me rendit mon salut; et, m'ayant considéré un moment, il s'approcha de moi, et vint se reposer sur la terre où j'étais assis. Excité par cette marque de confiance, je lui adressai la parole. « Mon père, lui dis-je, pourriez-vous m'ap-» prendre à qui ont appartenu ces deux cabanes ? » Il me répondit : Mon fils, ces masures et ce terrain » inculte étaient habités, il y a environ vingt ans, » par deux familles qui y avaient trouvé le bonheur. » Leur histoire est touchante : mais dans cette île, » située sur la route des Indes, quel Européen peut » s'intéresser au sort de quelques particuliers obs-» curs ? qui voudrait même y vivre heureux, mais » pauvre et ignoré ? Les hommes ne veulent connaître » que l'histoire des grands et des rois, qui ne sert à » personne. — Mon père, repris-je, il est aisé de » juger à votre air et à votre discours que vous avez » acquis une grande expérience. Si vous en avez le » temps, racontez-moi, je vous prie, ce que vous » savez des anciens habitans de ce désert, et croyez » que l'homme même le plus dépravé par les préjugés » du monde, aime à entendre parler du bonheur » que donnent la nature et la vertu. » Alors, comme quelqu'un qui cherche à se rappeler diverses circonstances, après avoir appuyé quelque temps ses mains sur son front, voici ce que ce vieillard me raconta :

En 1726, un jeune homme de Normandie, appelé

M. de La Tour, après avoir sollicité en vain du service en France et des secours dans sa famille, se détermina à venir dans cette île pour y chercher fortune. Il avait avec lui une jeune femme qu'il aimait beaucoup, et dont il était également aimé. Elle était d'une ancienne et riche maison de sa province, mais il l'avait épousée en secret et sans dot, parce que les parens de sa femme s'étaient opposés à son mariage, attendu qu'il n'était pas gentilhomme. Il la laissa au Port-Louis de cette île, et il s'embarqua pour Madagascar, dans l'espérance d'y acheter quelques noirs, et de revenir promptement ici former une habitation. Il débarqua à Madagascar vers la mauvaise saison, qui commence à la mi-octobre; et, peu de temps après son arrivée, il y mourut des fièvres pestilentielles qui y règnent pendant six mois de l'année, et qui empêcheront toujours les nations européennes d'y faire des établissemens fixes. Les effets qu'il avait emportés avec lui furent dispersés après sa mort, comme il arrive ordinairement à ceux qui meurent hors de leur patrie. Sa femme, restée à l'Ile-de-France, se trouva veuve, enceinte, et n'ayant pour tout bien au monde qu'une négresse, dans un pays où elle n'avait ni crédit ni recommandation. Ne voulant rien solliciter auprès d'aucun homme après la mort de celui qu'elle avait uniquement aimé, son malheur lui donna du courage. Elle résolut de cultiver avec son esclave un petit coin de terre, afin de se procurer de quoi vivre.

Dans une île presque déserte, dont le terrain était à discrétion, elle ne choisit point les cantons les plus fertiles ni les plus favorables au commerce mais, cherchant quelque gorge de montagne, quelque asile caché où elle put vivre seule et inconnue, elle s'achemina de la ville vers ces rochers pour s'y retirer comme dans un nid. C'est un instinct commun à tous les êtres sensibles et souffrans de se réfugier dans des lieux les plus sauvages et les plus déserts, comme si des rochers étaient des remparts contre l'infortune, et comme si le calme de la nature pouvait apaiser les troubles malheureux de l'âme. Mais la Providence, qui vient à notre secours lorsque nous ne voulons que les biens nécessaires, en réservait un à madame de La Tour que ne donnent ni les richesses ni la grandeur : c'était une amie.

Dans ce lieu, depuis un an, demeurait une femme vive, bonne et sensible ; elle s'appelait Marguerite. Elle était née en Bretagne, d'une simple famille de paysans, dont elle était chérie, et qui l'aurait rendue heureuse, si elle n'avait eu la faiblesse d'ajouter foi à l'amour d'un gentilhomme de son voisinage, qui lui avait promis de l'épouser ; mais celui-ci ayant satisfait sa passion, s'éloigna d'elle, et refusa même de lui assurer une subsistance pour un enfant dont il l'avait laissée enceinte. Elle s'était déterminée alors à quitter pour toujours le village où elle était née, et à aller cacher sa faute aux colonies, loin de son pays, où elle avait perdu la seule dot d'une fille pauvre et honnête, la réputation. Un vieux noir, qu'elle avait acquis de quelques deniers empruntés, cultivait avec elle un petit coin de ce canton.

Madame de La Tour, suivie de sa négresse, trouva

dans ce lieu Marguerite, qui allaitait son enfant. Elle fut charmée de rencontrer une femme dans une position qu'elle jugea semblable à la sienne. Elle lui parla en peu de mots de sa condition passée et de ses besoins présens. Marguerite, au récit de madame de La Tour, fut émue de pitié; et, voulant mériter sa confiance plutôt que son estime, elle lui avoua, sans lui rien déguiser l'imprudence dont elle s'était rendue coupable. « Pour moi, dit-elle, j'ai mérité » mon sort; mais vous, madame,... vous, sage et » malheureuse! » Et elle lui offrit en pleurant sa cabane et son amitié. Madame de La Tour, touchée d'un accueil si tendre, lui dit en la serrant dans ses bras: « Ah! Dieu veut finir mes peines, puisqu'il » vous inspire plus de bonté envers moi, qui vous » suis étrangère, que jamais je n'en ai trouvé dans » mes parens. »

Je connaissais Marguerite; et, quoique je demeure à une lieue et demie d'ici, dans les bois, derrière la Montagne-Longue, je me regardais comme son voisin. Dans les villes d'Europe, une rue, un simple mur, empêchent les membres d'une même famille de se réunir pendant des années entières; mais, dans les colonies nouvelles, on considère comme ses voisins ceux dont on n'est séparé que par des bois et des montagnes. Dans ce temps-là surtout, où cette île faisait peu de commerce aux Indes, le simple voisinage était un titre d'amitié, et l'hospitalité envers les étrangers un devoir et un plaisir. Lorsque j'appris que ma voisine avait une compagne, je fus la voir pour tâcher d'être utile à l'une et à l'autre.

Je trouvai dans madame de La Tour une personne d'une figure intéressante, pleine de noblesse et de mélancolie. Elle était alors sur le point d'accoucher. Je dis à ces deux dames qu'il convenait, pour l'intérêt de leurs enfans, et surtout pour empêcher l'établissement de quelque autre habitant, de partager entre elles le fond de ce bassin, qui contient environ vingt arpens. Elles s'en rapportèrent à moi pour ce partage. J'en formai deux portions à peu près égales: l'une renfermait la partie supérieure de cette enceinte, depuis ce piton de rocher couvert de nuages, d'où sort la source de la rivière des Lataniers, jusqu'à cette ouverture escarpée que vous voyez au haut de la montagne, et qu'on appelle l'Embrasure, parce qu'elle ressemble en effet à une embrasure de canon. Le fond de ce sol est si rempli de rochers et de ravins qu'à peine on peut y marcher; cependant il produit de grands arbres, et il est rempli de fontaines et de petits ruisseaux. Dans l'autre portion, je compris toute la partie inférieure qui s'étend le long de la rivière des Lataniers jusqu'à l'ouverture où nous sommes, d'où cette rivière commence à couler entre deux collines jusqu'à la mer. Vous y voyez quelques lisières de prairies, et un terrain assez uni, mais qui n'est guère meilleur que l'autre; car dans la saison des pluies il est marécageux, et dans les sécheresses il est dur comme du plomb: quand on y veut alors ouvrir une tranchée, on est obligé de le couper avec des haches. Après avoir fait ces deux partages, j'engageai ces deux dames à les tirer au sort. La partie supérieure échut à madame de La Tour, et l'inférieure à Marguerite. L'une et l'autre furent contentes de leur lot, mais elles me prièrent de ne pas séparer leur demeure, « afin, me » dirent-elles, que nous puissions toujours nous » voir, nous parler et nous entre-aider. » Il fallait cependant à chacune d'elles une retraite particulière. La case de Marguerite se trouvait au milieu du bassin, précisément sur les limites de son terrain. Je bâtis tout auprès, sur celui de madame de La Tour, une autre case, en sorte que ces deux amies étaient à la fois dans le voisinage l'une de l'autre, et sur la propriété de leurs familles. Moi-même j'ai coupé des palissades dans la montagne; j'ai apporté des feuilles de latanier des bords de la mer pour construire ces deux cabanes, où vous ne voyez plus maintenant ni porte ni couverture. Hélas! il n'en reste encore que trop pour mon souvenir! Le temps, qui détruit si rapidement les monumens des empires, semble respecter dans ces déserts ceux de l'amitié, pour perpétuer mes regrets jusqu'à la fin de ma vie.

A peine la seconde de ces cabanes était achevée, que madame de La Tour accoucha d'une fille. J'avais été le parrain de l'enfant de Marguerite, qui s'appelait Paul. Madame de La Tour me pria aussi de nommer sa fille conjointement avec son amie. Celle-ci lui donna le nom de Virginie. « Elle sera vertueuse, » dit-elle, et elle sera heureuse. Je n'ai connu le » malheur qu'en m'écartant de la vertu. »

Lorsque madame de La Tour fut relevée de ses couches, ces deux petites habitations commencèrent à être de quelque rapport, à l'aide des soins que j'y donnais de temps en temps, mais surtout par les travaux assidus de leurs esclaves. Celui de Marguerite, appelé Domingue, était un noir iolof, encore robuste, quoique déjà sur l'âge. Il avait de l'expérience et un bon sens naturel. Il cultivait indifféremment sur les deux habitations les terrains qui lui semblaient les plus fertiles, et il y mettait les semences qui leur convenaient le mieux. Il semait du petit mil et du maïs dans les endroits médiocres, un peu de froment dans les bonnes terres, du riz dans les fonds marécageux; et, au pied des roches, des giraumons, des courges et des concombres, qui se plaisent à y grimper. Il plantait dans les lieux secs des patates, qui y viennent très-sucrées, des cotonniers sur les hauteurs, des cannes à sucre dans les terres fortes, des pieds de café sur les collines, où le grain est petit, mais excellent; le long de la rivière et autour des cases, des bananiers, qui donnent toute l'année de longs régimes de fruits avec un bel ombrage, et enfin quelques plantes de tabac pour charmer ses soucis et ceux de ses bonnes maîtresses. Il allait couper du bois à brûler dans la montagne, et casser des roches çà et là dans les habitations, pour en aplanir les chemins. Il faisait tous ces ouvrages avec intelligence et activité, parce qu'il les faisait avec zèle. Il était fort attaché à Marguerite, et il ne l'était guère moins à madame de La Tour, dont il avait épousé la négresse à la naissance de Virginie. Il aimait passionnément sa femme, qui s'appelait Marie. Elle était née à Madagascar, d'où elle avait apporte quelque industrie, surtout celle de faire des paniers et des étoffes appelées pagnes avec des herbes qui croissent dans les bois. Elle était adroite, propre et très-fidèle. Elle avait soin de préparer à manger, d'élever quelques poules, et d'aller de temps en temps vendre au Port-Louis le superflu de ces deux habitations, qui était bien peu considérable. Si vous y joignez deux chèvres élevées près des enfans, et un gros chien qui veillait la nuit au-dehors, vous aurez une idée de tout le revenu et de tout le domestique de ces deux petites métairies.

Pour ces deux amies, elles filaient, du matin au soir, du coton. Ce travail suffisait à leur entretien et à celui de leurs familles; mais, d'ailleurs, elles étaient si dépourvues de commodités étrangères, qu'elles marchaient nu-pieds dans leur habitation, et ne portaient de souliers que pour aller le dimanche de grand matin à la messe à l'église des Pamplemousses, que vous voyez là-bas. Il y a cependant bien plus loin qu'au Port-Louis; mais elles se rendaient rarement à la ville, de peur d'y être méprisées, parce qu'elles étaient vêtues de grosse toile bleue du Bengale, comme des esclaves. Après tout, la considération publique vaut-elle le bonheur domestique? Si ces dames avaient un peu à souffrir au-dehors, elles rentraient chez elles avec d'autant plus de plaisir. A peine Marie et Domingue les apercevaient de cette hauteur, sur le chemin des Pamplemousses, qu'ils accouraient jusqu'au bas de la montagne pour les aider à la remonter. Elles lisaient dans les yeux de leurs esclaves la joie qu'ils avaient de les revoir. Elles trouvaient chez elles la propreté, la liberté, des biens qu'elles ne devaient qu'à leurs propres travaux, et des serviteurs pleins de zèle et d'affection. Elles-mêmes, unies par les mêmes besoins, ayant éprouvé des maux presque semblables, se donnant les doux noms d'amie, de compagne et de sœur, n'avaient qu'une volonté, qu'un intérêt, qu'une table. Tout entre elles était commun. Seulement, si d'anciens feux plus vifs que ceux de l'amitié se réveillaient dans leur âme, une religion pure, aidée par des mœurs chastes, les dirigeaient vers une autre vie, comme la flamme qui s'envole vers le ciel lorsqu'elle n'a plus d'aliment sur la terre.

Les devoirs de la nature ajoutaient encore au bonheur de leur société. Leur amitié mutuelle redoublait à la vue de leurs enfans, fruits d'un amour également infortuné. Elles prenaient plaisir à les mettre ensemble dans le même bain, et à les coucher dans le même berceau. Souvent elles les changeaient de lait. « Mon amie, disait madame de La Tour, chacune de nous aura deux enfans, et chacun de nos enfans aura deux mères. » Comme deux bourgeons qui restent sur deux arbres de la même espèce, dont la tempête a brisé toutes les branches, viennent à produire des fruits plus doux, si chacun d'eux, détaché du tronc maternel, est greffé sur le tronc voisin; ainsi ces deux petits enfans, privés de tous leurs parens, se remplissaient de sentimens plus tendres que ceux de fils et de fille, de frère et de sœur, quand ils venaient à être changés de mamelles par les deux amies qui leur avaient donné le jour. Déjà leurs mères parlaient de mariage sur leurs berceaux, et cette perspective de félicité conjugale, dont elles charmaient leurs propres peines, finissait bien souvent par les faire pleurer : l'une se rappelant que ses maux étaient venus d'avoir négligé l'hymen, et l'autre d'en avoir subi les lois; l'une de s'être élevée au-dessus de sa condition, et l'autre d'en être descendue : mais elles se consolaient en pensant qu'un jour leurs enfans, plus heureux, jouiraient à la fois, loin des cruels préjugés de l'Europe, des plaisirs de l'amour et du bonheur de l'égalité.

Rien en effet n'était comparable à l'attachement qu'ils se témoignaient déjà. Si Paul venait à se plaindre, on lui montrait Virginie; à sa vue il souriait et s'apaisait. Si Virginie souffrait, on en était averti par les cris de Paul, mais cette aimable fille dissimulait aussitôt son mal, pour qu'il ne souffrît pas de sa douleur. Je n'arrivais point de fois ici que je ne les visse tous deux tout nus, suivant la coutume du pays, pouvant à peine marcher, se tenant ensemble par les mains et sous les bras, comme on représente la constellation des gémeaux. La nuit même ne pouvait les séparer; elle les suprenait souvent couchés dans le même berceau, joue contre joue, poitrine contre poitrine; les mains passées mutuellement autour de leurs cous, et endormis dans les bras l'un de l'autre.

Lorsqu'ils surent parler, les premiers noms qu'ils apprirent à se donner furent ceux de frère et de sœur. L'enfance, qui connaît des caresses plus tendres ne connaît point de plus doux noms. Leur éducation ne fit que redoubler leur amitié, en la dirigeant vers eurs besoins réciproques. Bientôt, tout ce qui regarde l'économie, la propreté, le soin de préparer n repas champêtre, fut du ressort de Virginie, et es travaux étaient toujours suivis des louanges et des aisers de son frère. Pour lui, sans cesse en action, bêchait le jardin avec Domingue, ou, une petite ache à la main, il le suivait dans les bois; et si, ans ces courses, une belle fleur, un bon fruit, ou n nid d'oiseaux se présentaient à lui, eussent-ils té au haut d'un arbre, il l'escaladait pour les apporer à sa sœur.

Quand on en rencontrait un quelque part, on était ûr que l'autre n'était pas loin. Un jour que je desendais du sommet de cette montagne, j'aperçus, à 'extrémité du jardin, Virginie qui accourait vers la naison, la tête couverte de son jupon, qu'elle avait elevé par-derrière, pour se mettre à l'abri d'une ondée de pluie. De loin je la crus seule, et, m'étant ıvancé vers elle pour l'aider à marcher, je vis qu'elle tenait Paul par le bras, enveloppé presque entier de la même couverture, riant l'un et l'autre d'être ensemble à l'abri sous un parapluie de leur invention. Ces deux têtes charmantes, renfermées sous ce jupon bouffant, me rappelèrent les enfans de Léda, enclos dans la même coquille.

Toute leur étude était de se complaire et de s'entre aider. Au reste, ils étaient ignorans comme des créoles, et ne savaient ni lire ni écrire. Ils ne s'inquiétaient pas de ce qui s'était passé dans des temps reculés et loin d'eux; leur curiosité ne s'étendait pas au-delà de cette montagne. Ils croyaient que le monde finissait où finissait leur île, et ils n'imaginaient rien d'aimable là où ils n'étaient pas. Leur affection mutuelle et celle de leurs mères occupaient toute l'activité de leur âme. Jamais des sciences inutiles n'avaient fait couler leurs larmes; jamais les leçons d'une triste morale ne les avaient remplis d'ennui. Ils ne savaient pas qu'il ne faut pas dérober, tout chez eux étant commun; ni être intempérant, ayant à discrétion des mets simples; ni menteur, n'ayant aucune vérité à dissimuler. On ne les avait jamais effrayés, en leur disant que Dieu réserve des punitions terribles aux enfans ingrats; chez eux l'amitié filiale était née de l'amitié maternelle. On ne leur avait appris de la religion que ce qui la fait aimer; et, s'ils n'offraient pas à l'église de longues prières, partout où ils étaient, dans la maison, dans les champs, dans les bois, ils levaient vers le ciel des mains innocentes et un cœur plein de l'amour de leurs parens.

Ainsi se passa leur première enfance, comme une belle aube qui annonce un plus beau jour. Déjà ils partageaient avec leurs mères tous les soins du ménage. Dès que le chant du coq annonçait le retour de l'aurore, Virginie se levait, allait puiser de l'eau à la source voisine, et rentrait dans la maison pour préparer le déjeuner. Bientôt après, quand le soleil dorait les pitons de cette enceinte, Marguerite et son fils se rendaient chez madame de La Tour: alors ils commençaient tous ensemble une prière, suivie du premier repas; souvent ils le prenaient devant la porte, assis sur l'herbe, sous un berceau de bananiers, qui leur fournissait à la fois des mets tout préparés dans leurs fruits substantiels, et du linge de table dans leurs feuilles larges, longues et lustrées. Une nourriture saine et abondante développait rapidement les corps de ces deux jeunes gens, et une éducation douce peignait dans leur physionomie la pureté et le contentement de leur âme. Virginie n'avait que douze ans ; déjà sa taille était plus qu'à demi-formée ; de grands cheveux blonds ombrageaient sa tête ! ses yeux bleus et ses lèvres de corail brillaient du plus tendre éclat sur la fraîcheur de son visage, ils souriaient toujours de concert quand elle parlait ; mais quand elle gardait le silence, leur obliquité naturelle vers le ciel leur donnaient une expression d'une sensibilité extrême, et même celle d'une légère mélancolie. Pour Paul, on voyait déjà se développer en lui le caractère d'un homme au milieu des grâces de l'adolescence. Sa taille était plus élevée que celle de Virginie, son teint plus rembruni, son nez plus aquilin, et ses yeux, qui étaient noirs, auraient eu un peu de fierté, si les longs cils qui rayonnaient autour comme des pinceaux, ne leur avaient donné la plus grande douceur. Quoiqu'il fût toujours en mouvement, dès que sa sœur paraissait, il devenait tranquille et allait s'asseoir auprès d'elle. Souvent leur repas se passait sans qu'ils se dissent un mot. A leur silence, à la naïveté de leurs attitudes, à la beauté de leurs pieds nus, on eût cru voir un groupe antique de marbre blanc, représentant quelques-uns des enfans de Niobé ; mais à leurs regards, qui cherchaient à se rencontrer, à leurs sourires rendus par de plus doux sourires, on les eût pris pour ces enfans du ciel, pour ces esprits bienheureux dont la nature est de s'aimer, et qui n'ont pas besoin de rendre le sentiment par des pensées et l'amitié par des paroles.

Cependant madame de La Tour, voyant sa fille se développer avec tant de charmes, sentait augmenter son inquiétude avec sa tendresse. Elle me disait quelquefois : « Si je venais à mourir, que deviendrait » Virginie sans fortune ? »

Elle avait en France une tante, fille de qualité, riche, vieille et dévote, qui lui avait refusé si durement des secours lorsqu'elle se fut mariée à M. de La Tour, qu'elle s'était bien promis de n'avoir jamais recours à elle, à quelque extrémité qu'elle fût réduite. Mais, devenue mère, elle ne craignit plus la honte des refus. Elle manda à sa tante la mort inattendue de son mari, la naissance de sa fille, et l'embarras où elle se trouvait loin de son pays, dénuée de support, et chargée d'un enfant. Elle n'en reçut point de réponse. Elle, qui était d'un caractère élevé, ne craignit plus de s'humilier et de s'exposer aux reproches de sa parente, qui ne lui avait jamais pardonné d'avoir épousé un homme sans naissance quoique vertueux. Elle lui écrivait donc par toutes les occasions, afin d'exciter sa sensibilité en faveur de Virginie. Mais bien des années s'étaient écoulées sans recevoir d'elle aucune marque de souvenir.

Enfin, en 1738, trois ans après l'arrivée de M. de La Bourdonnais dans cette île, madame de La Tour apprit que ce gouverneur avait à lui remettre une lettre de la part de sa tante. Elle courut au Port-

Louis, sans se soucier cette fois d'y paraitre mal vêtue, la joie maternelle la mettant au-dessus du respect humain. M. de La Bourdonnais lui donna en effet une lettre de sa tante. Celle-ci mandait à sa nièce qu'elle avait mérité son sort, pour avoir épousé un aventurier, un libertin ; que les passions portaient avec elles leur punition ; que la mort prématurée de son mari était un juste châtiment de Dieu ; qu'elle avait bien fait de passer aux îles plutôt que de déshonorer sa famille en France ; qu'elle était après tout dans un bon pays où tout le monde faisait fortune, excepté les paresseux. Après l'avoir ainsi blâmée, elle finissait par se louer elle-même : pour éviter, disait-elle, les suites souvent funestes du mariage, elle avait toujours refusé de se marier. La vérité est, qu'étant ambitieuse, elle n'avait voulu épouser qu'un homme de grande qualité ; mais quoiqu'elle fut très-riche, et qu'à la cour on soit indifférent à tout, excepté à la fortune, il ne s'était trouvé personne qui eût voulu s'allier à une fille aussi laide et à un cœur aussi dur.

Elle ajoutait par post-scriptum que, toute réflexion faite, elle l'avait fortement recommandée à M. de La Bourdonnais. Elle l'avait en effet recommandée, mais suivant un usage bien commun aujourd'hui, qui rend un protecteur plus à craindre qu'un ennemi déclaré ; afin de justifier auprès du gouverneur sa dureté pour sa nièce, en feignant de la plaindre, elle l'avait calomniée.

Madame de La Tour, que tout homme indifférent, n'eût pu voir sans intérêt et sans respect fut reçue avec beaucoup de froideur par M. de La Bourdonnais, prévenu contre elle. Il ne répondit à l'exposé qu'elle lui fit de sa situation et de celle de sa fille, que par de durs monosyllabes : « Je verrai,... nous » verrons,... avec le temps : .... il y a bien des mal- » heureux.... Pourquoi indisposer une tante respec- » table ?... C'est vous qui avez tort. »

Madame de La Tour retourna à l'habitation, le cœur navré de douleur, et plein d'amertume. En arrivant, elle s'assit, jeta sur la table la lettre de sa tante, et dit à son amie : « Voilà le fruit de onze ans » de patience! » Mais comme il n'y avait que madame de La Tour qui sût lire dans la société, elle reprit la lettre et en fit la lecture devant toute la famille rassemblée. A peine était-elle achevée, que Marguerite lui dit avec vivacité : « Qu'avons-nous besoin de » tes parens ? Dieu nous a-t-il abandonnées ? C'est » lui seul qui est notre père. N'avons-nous pas vécu » heureuses jusqu'à ce jour ? Pourquoi donc te cha- » griner ? Tu n'as point de courage. » Et, voyant madame de La Tour pleurer, elle se jeta à son cou, et, la serrant dans ses bras : « Chère amie! s'écria- » t-elle, chère amie! » Mais ses propres sanglots étouffèrent sa voix. A ce spectacle, Virginie, fondant en larmes, pressait alternativement les mains de sa mère et celles de Marguerite contre sa bouche et contre son cœur; et Paul, les yeux enflammés de colère, criait, serrait les poings, frappait du pied, ne sachant à qui s'en prendre. A ce bruit, Domingue et Marie accoururent, et l'on n'entendit plus dans la case que des cris de douleur : « Ah! madame!... ma

» bonne maîtresse !... ma bonne mère !... ne pleurez » pas. » De si tendres marques d'amitié dissipèrent le chagrin de madame de La Tour. Elle prit Paul et Virginie dans ses bras, et leur dit d'un air content : « Mes enfans, vous êtes cause de ma peine ; mais » vous faites toute ma joie. O mes chers enfans ! le » malheur ne m'est venu que de loin ; le bonheur est » autour de moi. » Paul et Virginie ne la comprirent pas ; mais quand ils la virent tranquille, ils sourirent, et se mirent à la caresser. Ainsi ils continuèrent tous d'être heureux, et ce ne fut qu'un orage au milieu de la belle saison.

Le bon naturel de ces enfans se développait de jour en jour. Un dimanche, au lever de l'aurore, leurs mères étant allées à la première messe à l'église des Pamplemousses, une négresse marronne se présenta sous les bananiers qui entouraient leur habitation. Elle était décharnée comme un squelette, et n'avait pour vêtement qu'un lambeau de serpillière autour des reins. Elle se jeta aux pieds de Virginie, qui préparait le déjeûner de la famille, et lui dit : « Ma » jeune demoiselle, ayez pitié d'une pauvre esclave » fugitive ; il y a un mois que j'erre dans ces mon» tagnes demi-morte de faim, souvent poursuivie par » des chasseurs et par leurs chiens. Je fuis mon maî» tre, qui est un riche habitant de la Rivière-Noire : » il m'a traitée comme vous le voyez. » En même temps elle lui montra son corps sillonné de cicatrices profondes par les coups de fouet qu'elle en avait reçus. Elle ajouta : « Je voulais aller me noyer ; mais, » sachant que vous demeuriez ici, j'ai dit : Puisqu'il

» y a encore de bons blancs dans ce pays, il ne faut » pas encore mourir. » Virginie, tout émue, lui répondit : « Rassurez-vous, infortunée créature ! » Mangez, mangez ; » et elle lui donna le déjeuner de la maison, qu'elle avait apprêté. L'esclave en peu de momens le dévora tout entier. Virginie la voyant rassasiée, lui dit : « Pauvre misérable ! j'ai envie » d'aller demander votre grâce à votre maître ; en » vous voyant il sera touché de pitié. Voulez-vous me » conduire chez lui ? — Ange de Dieu ! repartit la » négresse, je vous suivrai partout où vous voudrez. » Virginie appela son frère, et le pria de l'accompagner. L'esclave marronne les conduisit par des sentiers, au milieu des bois, à travers de hautes montagnes qu'ils grimpèrent avec bien de la peine et de larges rivières qu'ils passèrent à gué. Enfin, vers le milieu du jour, ils arrivèrent au bas d'un morne sur les bords de la Rivière-Noire. Ils aperçurent là une maison bien bâtie, des plantations considérables, et un grand nombre d'esclaves occupés à toutes sortes de travaux. Leur maître se promenait au milieu d'eux, une pipe à la bouche et un rotin à la main. C'était un grand homme sec, olivâtre, aux yeux enfoncés et aux sourcils noirs et joints. Virginie, tout émue, tenant Paul par le bras, s'approcha de l'habitant, et le pria, pour l'amour de Dieu, de pardonner à son esclave, qui était à quelques pas de là derrière eux. D'abord l'habitant ne fit pas grand compte de ces deux enfans pauvrement vêtus ; mais quand il eut remarqué la taille élégante de Virginie, sa belle tête blonde sous une capote bleue, et qu'il eut entendu le doux son de sa voix, qui tremblait ainsi que tout son corps en lui demandant grâce, il ôta la pipe de sa bouche, et, levant son rotin vers le ciel, il jura par un affreux serment qu'il pardonnait à son esclave, non pas pour l'amour de Dieu, mais pour l'amour d'elle. Virginie aussitôt fit signe à l'esclave de s'avancer vers son maître; puis elle s'enfuit, et Paul courut après elle.

Ils remontèrent ensemble le revers du morne par où ils étaient descendus, et, parvenus au sommet, ils s'assirent sous un arbre, accablés de lassitude, de faim et de soif. Ils avaient fait à jeun plus de cinq lieues depuis le lever du soleil. Paul dit à Virginie : « Ma sœur, il est plus de midi; tu as faim et soif; » nous ne trouverons point ici à dîner : redescendons » le morne, et allons demander à manger au maître » de l'esclave. — Oh non, mon ami, reprit Virginie, » il m'a fait trop de peur. Souviens-toi de ce que dit » quelquefois maman : Le pain du méchant remplit » la bouche de gravier. — Comment ferons-nous donc? » dit Paul; ces arbres ne produisent que de mauvais » fruits; il n'y a pas seulement ici un tamarin ou un » citron pour te rafraîchir. — Dieu aura pitié de nous, » reprit Virginie; il exauce la voix des petits oiseaux » qui lui demandent de la nourriture. » A peine avait-elle dit ces mots qu'ils entendirent le bruit d'une source qui tombait d'un rocher voisin. Ils y coururent, et, après s'être désaltérés avec ses eaux plus claires que le cristal, ils cueillirent et mangèrent un peu de cresson qui croissait sur ses bords. Comme ils regardaient de côté et d'autre s'ils ne trouveraient pas quelque nourriture plus solide, Virginie aperçut parmi les arbres de la forêt un jeune palmiste. Le chou que la cime de cet arbre renferme au milieu de ses feuilles est un fort bon manger ; mais, quoique sa tige ne fût pas plus grosse que la jambe, elle avait plus de soixante pieds de hauteur. A la vérité, le bois de cet arbre n'est formé que d'un paquet de filamens, mais son aubier est si dur qu'il fait rebrousser les meilleures haches, et Paul n'avait pas un couteau. L'idée lui vint de mettre le feu au pied de ce palmiste: autre embarras, il n'avait point de briquet, et d'ailleurs, dans cette île si couverte de rochers, je ne crois pas qu'on puisse trouver une seule pierre à fusil. La nécessité donne de l'industrie, et souvent les plus utiles découvertes ont été dues aux hommes les plus misérables. Paul résolut d'allumer du feu à la manière des noirs : avec l'angle d'une pierre il fit un petit trou sur une branche d'arbre bien sèche, qu'il assujettit sous ses pieds, puis, avec le tranchant de cette pierre il fit une pointe à un autre morceau de branche également sèche ; mais d'une espèce de bois différent ; il posa ensuite ce morceau de bois pointu dans le petit trou de la branche qui était sous ses pieds, et le faisant rouler rapidement entre ses mains comme on roule un moulinet dont on veut faire mousser du chocolat, en peu de momens il vit sortir du point de contact, de la fumée et des étincelles. Il ramassa des herbes sèches et d'autres branches d'arbres, et mit le feu au pied du palmiste, qui, bientôt après, tomba avec un grand fracas. Le feu lui servit encore à dépouiller le chou de l'enveloppe de ses longues feuilles ligneuses et piquantes. Virginie et lui, mangèrent une partie de ce chou crue, et l'autre cuite sous la cendre, et ils les trouvèrent également savoureuses. Ils firent ce repas frugal, remplis de joie par le souvenir de la bonne action qu'ils avaient faite le matin; mais cette joie était troublée par l'inquiétude où ils se doutaient bien que leur longue absence de la maison jeterait leur mère. Virginie revenait souvent sur cet objet. Cependant Paul, qui sentait ses forces rétablies, l'assura qu'ils ne tarderaient pas à tranquilliser leurs parens.

Après dîner ils se trouvèrent bien embarrassés, car ils n'avaient plus de guide pour les reconduire chez eux. Paul, qui ne s'étonnait de rien, dit à Virginie : « Notre case est vers le soleil du milieu du jour; il » faut que nous passions, comme ce matin, par-» dessus cette montagne que tu vois là-bas avec ses » trois pitons. Allons, marchons, mon amie! » Cette montagne était celle des Trois-Mamelles *, ainsi nommée parce que ses trois pitons en ont la forme. Ils descendirent donc le morne de la Rivière-Noire du côté du nord, et arrivèrent après une heure de marche sur les bords d'une large rivière qui barrait

* Il y a beaucoup de montagnes dont les sommets sont arrondis en forme de mamelles, et qui en portent le nom dans toutes les langues. Ce sont en effet de véritables mamelles; car c'est d'elles que découlent beaucoup de rivières et de ruisseaux, qui répandent l'abondance sur la terre. Elles sont les sources des principaux fleuves qui l'arrosent, et elles fournissent constamment à leurs eaux, en attirant sans cesse les nuages autour du piton des rochers qui les surmontent à leur centre comme un mamelon. Nous avons indiqué ces prévoyances admirables de la nature dans nos Études précédentes.

leur chemin. Cette grande partie de l'île, toute couverte de forêts, est si peu connue, même aujourd'hui, que plusieurs de ses rivières et de ses montagnes n'y ont pas encore de nom. La rivière sur les bords de laquelle ils étaient, coule en bouillonnant sur un lit de roches. Le bruit de ses eaux effraya Virginie, elle n'osa y mettre les pieds pour passer à gué. Paul alors prit Virginie sur son dos, et passa ainsi chargé sur les roches glissantes de la rivière, malgré le tumulte de ses eaux. « N'aie pas peur, lui disait-il ; » je me sens bien fort avec toi. Si l'habitant de la » Rivière-Noire t'avait refusé la grâce de son esclave, » je me serais battu avec lui. — Comment! dit Virginie, avec cet homme si grand et si méchant? A » quoi t'ai-je exposé! Mon Dieu! qu'il est difficile » de faire le bien! Il n'y a que le mal de facile à faire. » Quand Paul fut sur le rivage, il voulut continuer sa route, chargé de sa sœur, et il se flattait de monter ainsi la montagne des Trois-Mamelles, qu'il voyait devant lui à une demi-lieue de là ; mais bientôt les forces lui manquèrent, et il fut obligé de la mettre à terre et de se reposer auprès d'elle. Virginie lui dit alors : « Mon frère, le jour baisse ; tu as encore des forces, et les miennes me manquent ; laisse-» moi ici, et retourne seul à notre case pour » tranquilliser nos mères. — Oh! non, dit Paul, je » ne te quitterai pas. Si la nuit nous surprend dans » ce bois, j'allumerai du feu, j'abattrai un palmiste, » tu en mangeras le chou, et je te ferai avec ses feuilles » un ajoupa pour te mettre à l'abri. » Cependant Virginie s'étant un peu reposée cueillit sur le tronc 'un vieux arbre penché sur le bord de la rivière de ongues feuilles de scolopendre qui pendaient de son ronc; elle en fit des espèces de brodequins dont elle 'entoura les pieds, que les pierres des chemins ıvaient mis en sang; car, dans l'empressement d'être ıtile, elle avait oublié de se chausser. Se sentant ;oulagée par la fraîcheur de ces feuilles, elle rompit ıne branche de bambou, et se mit en marche en s'appuyant d'une main sur ce roseau, et de l'autre sur son frère.

Ils cheminaient ainsi doucement à travers les bois; mais la hauteur des arbres et l'épaisseur de leurs feuillages leur firent bientôt perdre de vue la montagne des Trois-Mamelles, sur laquelle ils se dirigeaient, et même le soleil, qui était déjà près de se coucher. Au bout de quelque temps, ils quittèrent sans s'en apercevoir le sentier frayé dans lequel ils avaient marché jusqu'alors, et ils se trouvèrent dans un labyrinthe d'arbres, de lianes et de roches, qui n'avaient plus d'issue. Paul fit asseoir Virginie, et se mit à courir çà et là, tout hors de lui, pour chercher un chemin hors de ce fourré épais, mais ils se fatigua en vain. Il monta au haut d'un grand arbre, pour découvrir au moins la montagne des Trois-Mamelles; mais il n'aperçut autour de lui que les cimes des arbres, dont quelques-unes étaient éclairées par les derniers rayons du soleil couchant. Cependant l'ombre des montagnes couvrait déjà les forêts dans les vallées; le vent se calmait, comme il arrive au coucher du soleil; un profond silence régnait dans ces solitudes, et on n'y entendait d'autre bruit que le bramement des cerfs, qui venaient chercher leurs gîtes dans ces lieux écartés. Paul, dans l'espoir que quelque chasseur pourrait l'entendre, cria alors de toute sa force: « Venez, venez au secours de Virginie! » Mais les seuls échos de la forêt répondirent à sa voix, et répétèrent à plusieurs reprises: « Virginie!... Virginie!»

Paul descendit alors de l'arbre, accablé de fatigue et de chagrin: il chercha le moyen de passer la nuit dans ce lieu; mais il n'y avait ni fontaine, ni palmiste, ni même de branches de bois sec propre à allumer du feu. Il sentit alors par son expérience toute la faiblesse de ses ressources, et il se mit à pleurer. Virginie lui dit: « Ne pleures point, mon » ami, si tu ne veux m'accabler de chagrin. C'est » moi qui suis la cause de toutes les peines et de celles » qu'éprouvent maintenant nos mères. Il ne faut rien » faire, pas même le bien, sans consulter ses parens. » Oh! j'ai été bien imprudente! » Et elle se prit à verser des larmes. Cependant elle dit à Paul: « Prions » Dieu, mon frère, et il aura pitié de nous. » A peine avaient-ils achevé leur prière, qu'ils entendirent un chien aboyer. « C'est, dit Paul, le chien de quelque » chasseur qui vient, le soir, tuer des cerfs à l'affût.» Peu après, les aboiemens du chien redoublèrent. « Il me semble, dit Virginie, que c'est Fidèle, le » chien de notre case; oui, je reconnais sa voix: » serions-nous si près d'arriver, et au pied de notre » montagne? » En effet, un moment après, Fidèle était à leurs pieds, aboyant, hurlant, gémissant, et les accablant de caresses. Comme ils ne pouvaient revenir de leur surprise, ils aperçurent Domingue, qui courait à eux. A l'arrivée de ce bon noir, qui pleurait de joie, ils se mirent aussi à pleurer, sans pouvoir lui dire un mot. Quand Domingue eut repris ses sens : « O mes jeunes maîtres, leur dit-il, que vos mères ont d'inquiétude, comme elles ont été étonnées quand elles ne vous ont plus retrouvés au retour de la messe, où je les accompagnais! Marie, qui travaillait dans un coin de l'habitation, n'a su dire où vous étiez allés. J'allais, je venais autour de l'habitation, ne sachant moi-même de quel côté vous chercher. Enfin, j'ai pris vos vieux habits à l'un et à l'autre, je les ai fait flairer à Fidèle *, et sur-le-champ, comme si ce pauvre animal m'eût entendu, il s'est mis à quêter sur vos pas; il m'a conduit, toujours en remuant la queue, jusqu'à la Rivière-Noire. C'est-là où j'ai appris d'un habitant » que vous aviez ramené une négresse marronne, et » qu'il vous avait accordé sa grâce; mais quelle grâce! » Il me l'a montrée attachée, avec une chaîne au » pied, à un billot de bois, et avec un collier de fer » à trois crochets autour du cou. De là, Fidèle, » toujours quêtant, m'a mené sur le morne de la » Rivière-Noire, où il s'est arrêté encore en aboyant » de toute sa force : c'était sur le bord d'une source, » auprès d'un palmiste abattu, et près d'un feu qui » fumait encore. Enfin il m'a conduit ici : nous som-

* Ce trait de sagacité du noir Domingue, et de son chien Fidèle ressemble beaucoup à celui du sauvage Téwénissa et de son chien Onlath, rapporté par M. de Crèvecœur, dans son ouvrage plein d'humanité, intitulé : Lettres d'un Cultivateur américain.

» mes au pied de la montagne des Trois-Mamelles, » et il y a encore quatre bonnes lieues jusque chez » nous. » « Allons, mangez, et prenez des forces. » Il leur présenta aussitôt un gâteau, des fruits, et une grande calebasse remplie d'une liqueur composée d'eau, de vin, de jus de citron, de sucre et de muscade, que leurs mères avaient préparée pour les fortifier et les rafraîchir. Virginie soupira au souvenir de la pauvre esclave, et des inquiétudes de leurs mères. Elle répéta plusieurs fois : « Oh ! qu'il est » difficile de faire le bien ? » Pendant que Paul et elle se rafraîchissaient, Domingue alluma du feu, et ayant cherché dans les rochers un bois tortu qu'on appelle bois de ronde, et qui brûle tout vert en jetant une grande flamme, il en fit un flambeau, qu'il alluma, car il était déjà nuit. Mais il éprouva un embarras bien plus grand quand il fallut se mettre en route : Paul et Virginie ne pouvaient plus marcher ; leurs pieds étaient enflés et tout rouges. Domingue ne savait s'il devait aller bien loin de là leur chercher du secours, ou passer dans ce lieu la nuit avec eux. « Où » est le temps, leur disait-il, où je vous portais tous » deux à la fois dans mes bras ? mais maintenant vous » êtes grands, et je suis vieux. » Comme il était dans cette perplexité, une troupe de noirs marrons se fit voir à vingt pas de là. Le chef de cette troupe, s'approchant de Paul et de Virginie, leur dit : « Bons » petits blancs, n'ayez pas peur ; nous vous avons vus » passer ce matin avec une négresse de la Rivière-» Noire, vous alliez demander sa grâce à son mauvais » maître. En reconnaissance, nous vous porterons

» chez vous sur nos épaules. » Alors il fit un signe, et quatre noirs marrons des plus robustes firent aussitôt un brancard avec des branches d'arbres et des lianes, y placèrent Paul et Virginie, les mirent sur leurs épaules, et Domingue marchant devant eux avec son flambeau, ils se mirent en route aux cris de joie de toute la troupe, qui les comblait de bénédictions. Virginie attendrie disait à Paul : « O mon ami ! jamais » Dieu ne laisse un bienfait sans récompense. »

Ils arrivèrent vers le milieu de la nuit au pied de leur montagne, dont les croupes étaient éclairés de plusieurs feux. A peine ils la montaient, qu'ils entendirent des voix qui criaient : « Est-ce vous, mes enfans ? » Ils répondirent avec les noirs : « Oui, c'est nous. » Et bientôt ils aperçurent leurs mères et Marie, qui venaient au-devant d'eux avec des tisons flambans. « Malheureux enfans ! dit madame de La Tour, d'où » venez-vous ? dans quelles angoisses vous nous avez » jetées ! — Nous venons, dit Virginie, de la Rivière- » Noire, demander la grâce d'une pauvre esclave » marronne, à qui j'ai donné ce matin le déjeûner de » la maison, parce qu'elle mourait de faim ; et voilà » que les noirs marrons nous ont ramenés. » Madame de La Tour embrassa sa fille sans pouvoir parler ; et Virginie, qui sentit son visage mouillé des larmes de sa mère, lui dit : « Vous me payez de tout le mal » que j'ai souffert ! Marguerite, ravie de joie, serrait » Paul dans ses bras, et lui disait : » « Et toi aussi, » mon fils, tu as fait une bonne action. » Quand elles furent arrivées dans leurs cases avec leurs enfans, elles donnèrent bien à manger aux noirs marrons, qui s'en retournèrent dans leurs bois en leur souhaitant toute sorte de prospérités.

Chaque jour était pour ces familles un jour de bonheur et paix. Ni l'envie, ni l'ambition ne les tourmentaient. Elles ne désiraient point au dehors une vaine réputation que donne l'intrigue et qu'ôte la calomnie; il leur suffisait d'être à elles-mêmes leurs témoins et leurs juges. Dans cette île où, comme dans toutes les colonies européennes, on n'est curieux que d'anecdotes malignes, leurs vertus et même leurs noms étaient ignorés; seulement, quand un passant demandait sur le chemin des Pamplemousses à quelques habitans de la plaine : « Qui est-ce qui demeure » là-haut dans ces petites cases? ceux-ci répondaient sans les connaître : « Ce sont de bonnes gens. » Ainsi des violettes, sous des buissons épineux, exhalent au loin leur doux parfums, quoiqu'on ne les voie pas.

Elles avaient banni de leurs conversations la médisance, qui, sous une apparence de justice, dispose le cœur à la haine ou à la fausseté, car il est impossible de ne pas haïr les hommes si on les croit méchans, et de vivre avec les méchans si on ne leur cache sa haine sous de fausses apparences de bienveillance. Ainsi la médisance nous oblige d'être mal avec les autres ou avec nous-mêmes. Mais, sans juger les hommes en particulier, elles ne s'entretenaient que des moyens de faire du bien à tous en général; et quoiqu'elles n'en eussent pas le pouvoir, elles en avaient une volonté perpétuelle qui les remplissait d'une bienveillance toujours prête à s'étendre au dehors. En vivant donc dans la solitude, loin d'être sauvages, elles taient devenues plus humaines. Si l'histoire scandaeuse de la société ne fournissait point de matière à eurs conversations, celle de la nature les remplissait le ravissement et de joie. Elles admiraient avec ransport le pouvoir d'une Providence qui, par leurs nains, avait répandu au milieu de ces arides rochers l'abondance, les grâces, les plaisirs purs, simples et oujours renaissans.

Paul, à l'âge de douze ans, plus robuste et plus ntelligent que les Européens à quinze, avait embelli e que le noir Domingue ne faisait que cultiver. Il llait avec lui dans les bois voisins déraciner de eunes plants de citronniers, d'orangers, de tamarins, lont la tête ronde est d'un si beau vert, et de dattiers, lont le fruit est plein d'une crême sucrée qui a le parfum de la fleur d'orange; il plantait ces arbres déjà grands autour de cette enceinte. Il y avait semé des graines d'arbres qui, dès la seconde année, porent des fleurs ou des fruits: tels que l'agathis, o pendent tout autour, comme les cristaux d'un lustre, de longues grappes de fleurs blanches; le lilas de Perse, qui élève droit en l'air ses girandoles gris de in; le papayer, dont le tronc des branches, formé en colonne hérissée de melons verts, porte un chapiteau de larges feuilles semblables à celles du figuier.

Il y avait planté encore des pépins et des noyaux de badamiers, de manguiers, d'avocats, de goyaviers, de jacqs et de jam-roses. La plupart de ces arbres donnaient déjà à leur jeune maître de l'ombrage et des fruits. Sa main laborieuse avait répandu la fécondité jusques dans les lieux les plus stériles de cet enclos. Diverses espèces d'aloès, la raquette chargée de fleurs jaunes fouettées de rouge, les cierges épineux, s'élevaient sur les têtes noires des rochers, et semblaient vouloir atteindre aux longues lianes chargées de fleurs bleues ou écarlates qui pendaient çà et là le long des escarpemens de la montagne.

Il avait disposé ces végétaux de manière qu'on pouvait jouir de leur vue d'un seul coup-d'œil. Il avait planté au milieu de ce bassin les herbes qui s'élèvent peu, ensuite les arbrisseaux, puis les arbres moyens, et enfin les grands arbres qui en bordaient la circonférence; de sorte que ce vaste enclos paraissait de son centre comme un amphithéâtre de verdure, de fruits et de fleurs, renfermant des plantes potagères, des lisières de prairies et des champs de riz et de blé. Mais, en assujettissant ces végétaux à son plan, il ne s'était pas écarté de celui de la nature: guidé par ses indications, il avait mis dans les lieux élevés ceux dont les semences sont volatiles, et sur les bords des eaux ceux dont les graines sont faites pour flotter : ainsi chaque végétal croissait dans son site propre, et chaque site recevait de son végétal sa parure naturelle. Les eaux qui descendent du sommet de ces rochers formaient au fond du vallon, ici des fontaines, là de larges miroirs qui répétaient, au milieu de la verdure, les arbres en fleurs, les rochers et l'azur des cieux.

Malgré la grande irrégularité de ce terrain, toutes ces plantations étaient pour la plupart aussi accessibles au toucher qu'à la vue : à la vérité nous l'aidions tous de nos conseils et de nos secours pour en venir à bout. Il avait pratiqué un sentier qui tournait autour de ce bassin, et dont plusieurs rameaux venaient se rendre de la circonférence au centre. Il avait tiré parti des lieux les plus raboteux, et accordé, par la plus heureuse harmonie, la facilité de la promenade avec l'aspérité du sol, et les arbres domestiques avec les sauvages. De cette énorme quantité de pierres roulantes qui embarrassent maintenant ces chemins, ainsi que la plupart du terrain de cette île, il avait formé çà et là des pyramides, dans les assises desquelles il avait mêlé de la terre et des racines de rosiers, de poincillades, et d'autres arbrisseaux qui se plaisent dans les roches. En peu de temps ces pyramides sombres et brutes furent couvertes de verdure, où de l'éclat des plus belles fleurs. Les ravins, bordés de vieux arbres inclinés sur leurs bords, formaient des souterrains voûtés, inaccessibles à la chaleur, où l'on allait prendre le frais pendant le jour. Un sentier conduisait dans un bosquet d'arbres sauvages, au centre duquel croissait à l'abri des vents un arbre domestique chargé de fruits. Là, était une moisson; ici, un verger. Par cette avenue, on apercevait les maisons; par cette autre, les sommets inaccessibles de la montagne. Sous un bocage touffu de tatamaques entrelacés de lianes, on ne distinguait en plein midi aucun objet; sur la pointe de ce grand rocher voisin qui sort de la montagne, on découvrait tous ceux de cet enclos, avec la mer au loin, où apparaissait quelquefois un vaisseau qui venait de l'Europe, ou qui y retournait. C'était sur ce rocher que ces familles se rassemblaient le soir, et jouissaient en silence de la fraicheur de l'air, du parfum des fleurs, du murmure des fontaines et des dernières harmonies de la lumière et des ombres.

Rien n'était plus agréable que les noms donnés à la plupart des retraites charmantes de ce labyrinthe. Ce rocher dont je viens de vous parler, d'où l'on me voyait venir de bien loin, s'appelait la *découverte de l'amitié*. Paul et Virginie, dans leurs jeux, y avaient planté un bambou, au haut duquel ils élevaient un petit mouchoir blanc pour signaler mon arrivée dès qu'ils m'appercevaient, ainsi qu'on élève un pavillon sur la montagne voisine, à la vue d'un vaisseau en mer. L'idée me vint de graver une inscription sur la tige de ce roseau. Quelque plaisir que j'aie eu dans mes voyages à voir une statue ou un monument de l'antiquité, j'en ai encore davantage à lire une inscription bien faite : il me semble alors qu'une voix humaine sorte de la pierre, se fasse entendre à travers les siècles, et, s'adressant à l'homme au milieu des déserts, lui dise qu'il n'est pas seul, et que d'autres hommes dans ces mêmes lieux ont senti, pensé et souffert comme lui ; que si cette inscription est de quelque nation ancienne qui ne subsiste plus, elle étend notre âme dans les champs de l'infini, et lui donne le sentiment de son immortalité, en lui montrant qu'une pensée a survécu à la ruine même d'un empire.

J'écrivis donc sur le petit mât du pavillon de Paul et de Virginie ces vers d'Horace ;

*..... Fratres Helenæ, lucida sidera,*
*Ventorumque regat pater,*
*Obstrictis aliis, præter japyga.*

« Que les frères d'Hélène, astres charmans comme » vous ; et que le père des vents vous dirigent, et ne » fassent souffler que le zéphir. »

Je gravai ce vers de Virgile sur l'écorce d'un tatamaque, à l'ombre duquel Paul s'asseyait quelquefois pour regarder au loin la mer agitée :

*Fortunatus et ille deos qui novit agrestes?*

« Heureux, mon fils, de ne connaître que les di » vinités champêtres ! »

Et cet autre, au-dessus de la porte de la cabane de madame de La Tour, qui était leur lieu d'assemblée:

*At secura quies, et nescia fallere vita.*

« Ici est une bonne conscience, et une vie qui ne » sait pas tromper. »

Mais Virginie n'approuvait point mon latin ; elle disait que ce que j'avais mis au pied de sa girouette était trop long et trop savant. « J'eusse mieux aimé, » ajoutait-elle, *toujours agitée, mais constante.* — » Cette devise, lui répondis-je, conviendrait encore » mieux à la vertu. » Ma réflexion la fit rougir.

Ces familles vertueuses étendaient leurs ames sensibles à tout ce qui les environnait. Elles avaient donné les noms les plus tendres aux objets en apparence les plus indifférens. Un cercle d'orangers, de bananiers et de jam-roses plantés autour d'une pelouse, au milieu de laquelle Virginie et Paul allaient quelquefois danser, se nommait *la concorde*. Un vieux arbre, à l'ombre duquel madame de La Tour et Marguerite s'étaient raconté leurs malheurs, s'appelait *les pleurs essuyés*. Elles faisaient porter les noms de *Bretagne* et de *Normandie* à de petites portions de terre où elles avaient semé du blé, des fraises et des pois. Domingue et Marie désirant, à l'imitation de leurs maîtresses, se rappeler les lieux de leur naissance en Afrique, appelaient *Angola* et *Foullepointe* deux endroits où croissait l'herbe dont ils faisaient des paniers, et où ils avaient planté un calebassier. Ainsi, par ces productions de leurs climats, ces familles expatriées entretenaient les douces illusions de leur pays, et en calmaient les regrets dans une terre étrangère. Hélas! j'ai vu s'animer de mille appellations charmantes les arbres, les fontaines, les rochers de ce lieu maintenant si bouleversé, et qui, semblable à un champ de la Grèce, n'offre plus que des ruines et des noms touchans.

Mais, de tout ce que renfermait cette enceinte, rien n'était plus agréable que ce qu'on appelait le *repos de Virginie*. Au pied du rocher la *découverte de l'amitié* est un enfoncement d'où sort une fontaine qui forme, dès sa source, une petite flaque d'eau, au milieu d'une herbe fine. Lorsque Marguerite eut ais Paul au monde, je lui fis présent d'un coco des ndes qu'on m'avait donné. Elle planta ce fruit sur le ord de cette flaque d'eau, afin que l'arbre qu'il roduirait servît un jour d'époque à la naissance de on fils. M^me^ de La Tour, à son exemple, y en planta n autre, dans une semblable intention, dès qu'elle ut accouchée de Virginie. Il naquit de ces deux fruits eux cocotiers, qui formaient toutes les archives de es deux familles : l'un se nommait l'arbre de Paul, t l'autre l'arbre de Virginie. Ils crûrent tous deux dans la même proportion que leurs jeunes maîtres, d'une hauteur un peu inégale, mais qui surpassait au bout de douze ans celle de leurs cabanes. Déjà ils entrelaçaient leurs palmes, et laissaient pendre leurs jeunes grappes de cocos au-dessus du bassin de la fontaine. Excepté cette plantation, on avait laissé cet enfoncement du rocher tel que la nature l'avait orné. Sur ses flancs bruns et humides rayonnaient en étoiles vertes et noires de larges capillaires, et flottaient au gré des vents des touffes de scolopendre suspendues comme de longs rubans d'un vert pourpré. Près de là, croissaient des lisières de pervenche, dont les fleurs sont presque semblables à celles de la giroflée rouge, et des pimens, dont les gousses, couleur de sang, sont plus éclatantes que le corail. Aux environs, l'herbe de baume, dont les feuilles sont en cœur, et les basilics à odeur de girofle, exhalaient les plus doux parfums. Du haut de l'escarpement de la montagne pendaient des lianes semblables à des draperies flottantes, qui formaient sur les flancs des rochers de grandes courtines de verdure.

Les oiseaux de mer, attirés par ces retraites paisibles, y venaient passer la nuit. Au coucher du soleil on y voyait voler, le long des rivages de la mer, le corbigeau et l'alouette marine, et au haut des airs la noire frégate, avec l'oiseau blanc du tropique qui abandonnaient, ainsi que l'astre du jour, les solitudes de l'océan indien. Virginie aimait à se reposer sur les bords de cette fontaine, décorée d'une pompe à la fois magnifique et sauvage. Souvent elle y venait laver le linge de la famille à l'ombre des deux cocotiers. Quelquefois elle y menait paître ses chèvres. Pendant qu'elle préparait des fromages avec leur lait, elle se plaisait à leur voir brouter les capillaires sur les flancs escarpés de la roche, et se tenir en l'air sur une de ses corniches comme sur un piédestal. Paul voyant que ce lieu était aimé de Virginie, y apporta de la forêt voisine des nids de toute sorte d'oiseaux. Les pères et les mères de ces oiseaux suivirent leurs petits, et vinrent s'établir dans cette nouvelle colonie. Virginie leur distribuait de temps en temps des grains de riz, de maïs et de millet : dès qu'elle paraissait, les merles siffleurs, les bengalis, dont le ramage est si doux, les cardinaux, dont le plumage est couleur de feu, quittaient leurs buissons ; des perruches, vertes comme des émeraudes, descendaient des lataniers voisins ; des perdrix accouraient sous l'herbe : tous s'avançaient pêle-mêle jusqu'à ses pieds comme des poules. Paul et elle s'amusaient avec transport de leurs jeux, de leurs appétits et de leurs amours.

Aimables enfans, vous passiez ainsi dans l'innocence vos premiers jours en vous exerçant aux bienfaits ! Combien de fois, dans ce lieu, vos mères, vous serrant dans leurs bras, bénissaient le ciel de la consolation que vous prépariez à leur vieillesse, et de vous voir entrer dans la vie sous de si heureux auspices ! Combien de fois, à l'ombre de ces rochers, ai-je partagé avec elles vos repas champêtres qui n'avaient coûté la vie à aucun animal ! des calebasses pleines de lait, des œufs frais, des gâteaux de riz sur des feuilles de bananier, des corbeilles charmantes chargées de patates, de mangues, d'oranges, de grenades, de bananes, de dattes, d'ananas, offraient à la fois les mets les plus sains, les couleurs les plus gaies, et les sucs les plus agréables.

La conversation était aussi douce et aussi innocente que ces festins : Paul y parlait souvent des travaux du jour et de ceux du lendemain. Il méditait toujours quelque chose d'utile pour la société. Ici, les sentiers n'étaient pas commode; là, on était mal assis; ces jeunes berceaux ne donnaient pas assez d'ombrage; Virginie serait mieux là.

Dans la saison pluvieuse, ils passaient le jour tous ensemble dans la case, maîtres et serviteurs, occupés à faire des nattes d'herbes et des paniers de bambou. On voyait rangés dans le plus grand ordre, aux parois de la muraille, des râteaux, des haches, des bêches; et auprès de ces instrumens de l'agriculture, les productions qui en étaient les fruits; des sacs de riz, des gerbes de blé et des régimes de bananes. La délicatesse s'y joignait toujours à l'abondance. Virginie, instruite par Marguerite et par sa mère, y préparait des sorbets et des cordiaux avec le jus des cannes à sucre, des citrons et des cédras.

La nuit venue, ils soupaient à la lueur d'une lampe; ensuite madame de La Tour ou Marguerite racontait quelques histoires de voyageurs égarés la nuit dans les bois de l'Europe infestés de voleurs, ou le naufrage de quelque vaisseau jeté par la tempête sur les rochers d'une île déserte. A ces récits, les âmes sensibles de leurs enfans s'enflammaient; ils priaient le ciel de leur faire la grâce d'exercer quelque jour l'hospitalité envers de semblables malheureux. Cependant les deux familles se séparaient pour aller prendre du repos, dans l'impatience de se revoir le lendemain. Quelquefois elles s'endormaient au bruit de la pluie qui tombaient par torrens sur la couverture de leurs cases, ou à celui des vents qui leur apportait le murmure lointain des flots qui se brisaient sur le rivage. Elles bénissaient Dieu de leur sécurité personnelle, dont le sentiment redoublait par celui du danger éloigné.

De temps en temps madame de La Tour lisait publiquement quelque histoire touchante de l'ancien et du nouveau Testament. Ils raisonnaient peu sur ces livres sacrés; car leur théologie était toute en sentiment, comme celle de la nature, et leur morale toute en action, comme celle de l'évangile. Ils n'avaient point de jours destinés aux plaisirs, et d'autres à la tristesse. Chaque jour était pour eux un jour de fête, et tout ce qui les environnait, un temple divin, où ils admiraient sans cesse une intelligence infinie, toute-puissante, et amie des hommes : ce ntiment de confiance dans le pouvoir suprême les mplissait de consolation pour le passé, de courage our le présent, et d'espérance pour l'avenir. Voilà omme ces femmes, forcées par le malheur de rentrer ans la nature, avaient développé en elles-mêmes et ans leurs enfans ces sentimens que donne la nature our nous empêcher de tomber dans le malheur.

Mais comme il s'élève quelquefois dans l'âme la ieux réglée des nuages qui la troublent, quand uelque membre de leur société paraissait triste, tous s autres se réunissaient autour de lui, et l'enlevaient ux pensées amères, plus par des sentimens que par les réflexions. Chacun y employait son caractère articulier : Marguerite, une gaité vive ; madame le La Tour, une théologie douce ; Virginie, des aresses tendres ; Paul, de la franchise et de la corlialité : Marie et Domingue même venaient à son secours. Ils s'affligeaient s'ils le voyaient affligé, et ils leuraient s'ils le voyaient pleurer. Ainsi des plantes aibles s'entrelacent ensemble pour résister aux ouragans.

Dans la belle saison, ils allaient tous les dimanches à la messe à l'église des Pamplemousses, dont vous voyez le clocher là-bas dans la plaine. Il y venait des habitans riches, en palanquin, qui s'empressèrent plusieurs fois de faire la connaissance de ces familles si unies, et de les inviter à des parties de plaisir. Mais elles repoussèrent toujours leurs offres avec honnêteté et respect, persuadées que les gens puissans ne recherchent les faibles que pour avoir des complaisans, et qu'on ne peut être complaisant qu'en flattant les passions d'autrui, bonnes et mauvaises. D'un autre côté, elles n'évitaient pas avec moins de soin l'accointance des petits habitans, pour l'ordinaire jaloux, médisans et grossiers. Elles passèrent d'abord auprès des uns pour timides, et auprès des autres pour fières; mais leur conduite réservée était accompagnée de marques de politesse si obligeantes surtout envers les misérables, qu'elles acquirent insensiblement le respect des riches et la confiance des pauvres.

Après la messe, on venait souvent les requérir de quelque bon office. C'était une personne affligée qui leur demandait des conseils, ou un enfant qui les priait de passer chez sa mère malade dans un des quartiers voisins. Elles portaient toujours avec elles quelques recettes utiles aux maladies ordinaires aux habitans, et elles y joignaient la bonne grâce, qui donne tant de prix aux petits services. Elles réussissaient surtout à bannir les peines de l'esprit, si intolérables dans la solitude et dans un corps infirme. Madame de La Tour parlait avec tant de confiance de la Divinité, que le malade, en l'écoutant, la croyait présente. Virginie revenait bien souvent de là les yeux humides de larmes, mais le cœur rempli de joie; car elle avait eu l'occasion de faire du bien. C'était elle qui préparait d'avance les remèdes nécessaires aux malades, et qui les leur présentait avec une grâce ineffable. Après ces visites d'humanité, elles prolongeaient quelquefois leur chemin par la vallée de la Montagne-Longue jusque chez moi, où je les attendais à dîner sur les bords de la petite rivière qui coule dans mon voisinage. Je me procurais pour ces occasions quelques bouteilles de vin vieux, afin d'augmenter la gaité de nos repas indiens par ces douces et cordiales productions de l'Europe. D'autres fois nous nous donnions rendez-vous sur les bords de la mer, à l'embouchure de quelques autres petites rivières, qui ne sont guère ici que de grands ruisseaux ; nous y apportions de l'habitation des provisions végétales, que nous joignions à celles que la mer nous fournissait en abondance. Nous pêchions sur ses rivages des cabots, des polypes, des rougets, des langoustes, des chevrettes, des crabes, des oursins, des huîtres et des coquillages de toute espèce. Les sites les plus terribles nous procuraient souvent les plaisirs les plus tranquilles. Quelquefois, assis sur un rocher, à l'ombre d'un veloutier, nous voyions les flots du large venir se briser à nos pieds avec un horrible fracas. Paul, qui nageait d'ailleurs comme un poisson, s'avançait quelquefois sur les récifs au-devant des lames; puis, à leur approche, il fuyait sur le rivage devant leurs grandes volutes écumeuses et mugissantes qui le poursuivaient bien avant sur la grève. Mais Virginie, à cette vue, jetait des cris perçans, et disait que ces jeux-là lui faisaient grande peur.

Nos repas étaient suivis des chants et des danses de ces deux jeunes gens; Virginie chantait le bonheur de la vie champêtre et les malheurs des gens de mer, que l'avarice porte à naviguer sur un élément furieux, plutôt que de cultiver la terre, qui donne paisiblement tant de biens. Quelquefois, à la manière des noirs, elle exécutait avec Paul une pantomime. La pantomime est le premier langage de l'homme; elle est connue de toutes les nations; elle est si naturelle et si expressive, que les enfans des blancs ne tardent pas à l'apprendre dès qu'ils ont vu ceux des noirs s'y exercer. Virginie, se rappelant, dans les lectures que lui faisait sa mère, les histoires qui l'avaient le plus touchée, en rendait les événemens avec beaucoup de naïveté. Tantôt, au son du tamtam de Domingue, elle se présentait sur la pelouse, portant une cruche sur sa tête : elle s'avançait avec timidité à la source d'une fontaine voisine, pour y puiser de l'eau. Domingue et Marie, représentant les bergers de Madian, lui en défendaient l'approche et feignaient de la repousser. Paul accourait à son secours, battait les bergers, remplissait la cruche de Virginie, et, en la lui posant sur la tête, il lui mettait en même temps une couronne de fleurs rouges de pervenche, qui relevait la blancheur de son teint. Alors, me prêtant à leurs jeux, je me chargeais du personnage de Raguel, et j'accordais à Paul ma fille Séphora en mariage.

Une autre fois, elle représentait l'infortunée Ruth, qui retourne veuve et pauvre dans son pays, où elle se trouve étrangère, après une longue absence. Domingue et Marie contrefaisaient les moissonneurs. Virginie feignait de glaner çà et là sur leurs pas quelques épis de blé. Paul, imitant la gravité d'un patriarche, l'interrogeait; elle répondait en tremblant à ses questions. Bientôt, ému de pitié, il accordait l'hospitalité à l'innocence et un asile à ıfortune ; il remplissait le tablier de Virginie de ıtes sortes de provisions, et l'amenait devant nous ımme devant les anciens de la ville, en déclarant 'il la prenait en mariage malgré son indigence. ıdame de La Tour, à cette scène, venant à se rapler l'abandon où l'avaient laissée ses propres pains, son veuvage, la bonne réception que lui avait te Marguerite, suivie maintenant de l'espoir d'un ıriage heureux entre leurs enfans, ne pouvait mpêcher de pleurer ; et ce souvenir confus de ıux et de biens nous faisait verser des larmes de uleur et de joie.

Ces drames étaient rendus avec tant de vérité, 'on se croyait transporté dans les champs de la 'rie ou de la Palestine. Nous ne manquions point décorations, d'illuminations et d'orchestres connables à ce spectacle. Le lieu de la scène était pour ırdinaire un carrefour d'une forêt, dont les percés rmaient autour de nous plusieurs arcades de feuilges nous étions, à leur centre, abrités de la chaur pendant toute la journée ; mais quand le soleil ait descendu à l'horizon, ses rayons, brisés par les 'oncs des arbres, divergeaient dans les ombres de forêt en longues gerbes lumineuses, qui produiıient le plus majestueux effet. Quelquefois son disque ıut entier paraissait à l'extrémité d'une avenue, et rendait tout étincelante de lumière. Le feuillage es arbres, éclairés en dessous de ses rayons safranés, rillait des feux de la topaze et de l'émeraude ; leurs roncs mousseux et bruns paraissaient changés en olonnes de bronze antique ; et les oiseaux, déjà retirés en silence sous la sombre feuillée pour y passer la nuit, surpris de revoir une seconde aurore, saluaient tous à la fois l'astre du jour par mille et mille chansons.

La nuit nous surprenait bien souvent dans ces fêtes champêtres ; mais la pureté de l'air et la douceur du climat nous permettaient de dormir sous un ajouba, au milieu des bois, sans craindre d'ailleurs les voleurs ni de près ni de loin. Chacun, le lendemain, retournait dans sa case, et la retrouvait dans l'état où il l'avait laissée. Il y avait alors tant de bonne foi et de simplicité dans cette île sans commerce, que les portes de beaucoup de maisons ne fermaient point à la clef, et qu'une serrure était un objet de curiosité pour plusieurs créoles.

Mais il y avait dans l'année des jours qui étaient pour Paul et Virginie des jours de plus grandes réjouissances : c'étaient les fêtes de leurs mères. Virginie ne manquait pas, la veille, de pétrir et de cuire des gâteaux de farine de froment, qu'elle envoyait à de pauvres familles de blancs, nées dans l'île, qui n'avaient jamais mangé de pain d'Europe, et qui, sans aucun secours de noirs, réduites à vivre de manioc au milieu des bois, n'avaient, pour supporter la pauvreté, ni la stupidité qui accompagne l'esclavage, ni le courage qui vient de l'éducation. Ces gâteaux étaient les seuls présens que Virginie pût faire de l'aisance de l'habitation ; mais elle y joignait une bonne grâce qui leur donnait un grand prix. D'abord, c'était Paul qui était chargé de les porter lui-même à ces familles, et elles s'engageaient, en recevant, de venir le lendemain passer la journée ez madame de La Tour et Marguerite. On voyait ›rs arriver une mère de famille avec deux ou trois sérables filles, maigres, jaunes, et si timides, 'elles n'osaient lever les yeux. Virginie les mettait entôt à leur aise; elle leur servait des rafraîchisse- ens, dont elle relevait la bonté par quelque cir- nstance particulière qui en augmentait, selon elle, grément. Cette liqueur avait été préparée par arguerite, cette autre par sa mère; son frère avait eilli lui-même ce fruit au haut d'un arbre. Elle igageait Paul à les faire danser. Elle ne les quittait pint qu'elle ne les vit contentes et satisfaites; elle ›ulait qu'elles fussent joyeuses de la joie de sa fa- ille. « On ne fait son bonheur, disait-elle, qu'en s'occupant de celui des autres. » Quand elles s'en etournaient, elle les engageait d'emporter ce qui araissait leur avoir fait plaisir, couvrant la néces- té d'agréer ses présens du prétexte de leur nou- eauté ou de leur singularité. Si elle remarquait trop e délabrement dans leurs habits, elle choisissait, vec l'agrément de sa mère, quelques-uns des siens, t elle chargeait Paul d'aller secrètement les déposer là porte de leurs cases. Ainsi elle faisait le bien, à 'exemple de la divinité, cachant la bienfaitrice, et nontrant le bienfait.

Vous autres Européens, dont l'esprit se remplit lès l'enfance de tant de préjugés contraires au bon- ieur, vous ne pouvez concevoir que la nature puisse lonner tant de lumières et de plaisirs. Votre âme, irconscrite dans une petite sphère de connaissances humaines, atteint bientôt le terme de ses jouissances artificielles; mais la nature et le cœur sont inépuisables. Paul et Virginie n'avaient ni horloge, ni almanachs, ni livres de chronologie, d'histoire et de philosophie. Les périodes de leur vie se réglaient sur celle de la nature. Ils connaissaient les heures du jour par l'ombre des arbres; les saisons, par les temps où ils donnent leurs fleurs ou leurs fruits; et les années, par le nombre de leurs récoltes. Ces douces images répandaient les plus grands charmes dans leurs conversations. « Il est temps de dîner, » disait Virginie à la famille, les ombres des bana- » niers sont à leurs pieds; » ou bien: « La nuit » s'approche, les tamarins ferment leurs feuilles. -- » Quand viendrez-vous nous voir? lui disaient quel- » ques amis du voisinage. — Aux cannes de sucre, » répondait Virginie. — Votre visite nous sera encore » plus douce et plus agréable, » reprenaient ces jeunes filles. Quand on l'interrogeait sur son âge et sur celui de Paul: « Mon frère, disait-elle, est de » l'âge du grand cocotier de la fontaine, et moi, de » celui du plus petit. Les manguiers ont donné douze » fois leurs fruits, et les orangers, vingt-quatre fois » leurs fleurs, depuis que je suis au monde. » Leur vie semblait attachée à celle des arbres, comme celle des faunes et des dryades; ils ne connaissaient d'autres époques historiques que celles de la vie de leurs mères, d'autre chronologie que celle de leurs vergers, et d'autre philosophie que de faire du bien à tout le monde, et de se résigner à la volonté de Dieu.

Après tout, qu'avaient besoin ces jeunes gens être riches et savans à notre manière? leurs besoins leur ignorance ajoutaient encore à leur félicité. Il y avait point de jour qu'ils ne se communiquassent ıelques secours ou quelques lumières : oui, des luières; et, quand il s'y serait mêlé quelques erreurs, ıomme pur n'en a point à craindre. Ainsi croisient ces deux enfans de la nature. Aucun souci avait ridé leur front, aucune intempérance n'avait ırrompu leur sang, aucune passion malheureuse avait dépravé leur cœur : l'amour, l'innocence, piété, développaient chaque jour la beauté de ur âme en grâces ineffables, dans leurs traits, leurs titudes, et leurs mouvemens. Au matin de la vie s en avaient toute la fraîcheur : tels, dans le jardin 'Edem, parurent nos premiers parens, lorsque, ortant des mains de Dieu, ils se virent, s'approhèrent, et conversèrent d'abord comme frère et omme sœur : Virginie, douce, modeste, confiante omme Eve; et Paul, semblable à Adam, ayant la ıille d'un homme, avec la simplicité d'un enfant.

Quelquefois, seul avec elle (il me l'a mille fois aconté), il lui disait, au retour de ses travaux : Lorsque je suis fatigué, ta vue me délasse. Quand, » du haut de la montagne, je t'aperçois au fond de » ce vallon, tu me parais au milieu de nos vergers » comme un bouton de rose. Si tu marches vers la » maison de nos mères, la perdrix qui court vers » ses petits a un corsage moins beau et une démarche » moins légère. Quoique je te perde de vue à travers » les arbres, je n'ai pas besoin de te voir pour te

» retrouver ; quelque chose de toi, que je ne pui
» dire, reste pour moi dans l'air où tu passes, su
» l'herbe où tu t'assieds. Lorsque je t'approche, t
» ravis tous mes sens. L'azur du ciel est moins bea
» que le bleu de tes yeux ; le chant des bengalis
» moins doux que le son de ta voix. Si je te touch
» seulement du bout du doigt, tout mon corps frémi
» de plaisir. Souviens-toi du jour où nous passâmes
» travers les cailloux roulans de la rivière des Trois
» Mamelles. En arrivant sur ses bords, j'étais déj
» bien fatigué, mais quand je t'eus prise sur mo
» dos, il me semblait que j'avais des ailes comme u
» oiseau. Dis-moi par quel charme tu as pu m'en
» chanter? Est-ce par ton esprit? mais nos mères e
» ont plus que nous deux. Est-ce par tes caresses
» mais elles m'embrassent plus souvent que toi.
» crois que c'est par ta bonté, je n'oublierai jama
que tu as marché nu-pieds, jusqu'à la Rivière
» Noire, pour demander la grâce d'une pauvre es
» clave fugitive. Tiens, ma bien-aimée, prends cett
» branche fleurie de citronnier que j'ai cueillie dan
» la forêt ; tu la mettras, la nuit, près de ton lit
» Mange ce rayon de miel ; je l'ai pris pour toi a
» haut d'un rocher. Mais auparavant repose-toi su
mon sein, et je serai délassé. »

Virginie lui répondait : « O mon frère ! les rayon
du soleil au matin, au haut de ces rochers, m
donnent moins de joie que ta présence. J'aim
» bien ma mère, j'aime bien la tienne ; mais quan
» elles t'appellent mon fils, je les aime encore da
» vantage. Les caresses qu'elles te font me sont plu

» sensibles que celles que j'en reçois. Tu me demandes pourquoi tu m'aimes, mais tout ce qui a été élevé ensemble s'aime. Vois nos oiseaux : élevés dans les mêmes nids, ils s'aiment comme nous, ils sont toujours ensemble comme nous. Ecoute comme ils s'appellent et se répondent d'un arbre à l'autre: de même, quand l'écho me fait entendre les airs que tu joues sur ta flûte au haut de la montagne, j'en répète les paroles au fond de ce vallon. Tu m'es cher, surtout depuis le jour où tu voulais te battre pour moi contre le maître de l'esclave. Depuis ce temps-là, je me suis dit bien des fois : Ah! mon frère a un bon cœur ; sans lui je serais morte d'effroi. Je prie Dieu tous les jours pour ma mère, pour la tienne, pour toi, pour nos pauvres serviteurs ; mais quand je prononce ton nom, il me semble que ma dévotion augmente. Je demande si instamment à Dieu qu'il ne t'arrive aucun mal ! Pourquoi vas-tu si loin et si haut me chercher des fruits et des fleurs ? N'en avons-nous pas assez dans le jardin ? Comme te voilà fatigué ! tu es tout en nage. » Avec son petit mouchoir blanc elle lui essuyait le front et les joues, et elle lui donnait plusieurs baisers.

Cependant depuis quelque temps Virginie se sentait agitée d'un mal inconnu. Ses beaux yeux bleus se marbraient de noir, son teint jaunissait, une langueur universelle abattait son corps. La sérénité n'était plus sur son front ni le sourire sur ses lèvres. On la voyait tout d'un coup gaie sans joie et triste sans chagrin. Elle fuyait ses jeux innocens, ses doux travaux et la société de sa famille bien-aimée; elle errait çà et là dans les lieux les plus solitaires de l'habitation, cherchant partout du repos, et ne le trouvant nulle part. Quelquefois, à la vue de Paul, elle allait vers lui en folâtrant; puis tout-à-coup, près de l'aborder, un embarras subit la saisissait, un rouge vif colorait ses joues pâles, et ses yeux n'osaient plus s'arrêter sur les siens. Paul lui disait : « La verdure couvre » ces rochers, nos oiseaux chantent quand ils te » voient; tout est gai autour de toi, toi seule es » triste. » Et il cherchait à la ranimer en l'embrassant, mais elle détournait la tête et fuyait tremblante vers sa mère. L'infortunée se sentait troublée par les caresses de son frère. Paul ne comprenait rien à des caprices si nouveaux et si étranges. Un mal n'arrive guère seul.

Un de ces étés qui désolent de temps à autre les terres situées entre les tropiques vint étendre ici ses ravages : c'était vers la fin de décembre, lorsque le soleil au capricorne échauffe pendant trois semaines l'Ile-de-France de ses feux verticaux. Le vent du sud, qui y règne presque toute l'année, n'y soufflait plus. De longs tourbillons de poussière s'élevaient sur les chemins, et restaient suspendus en l'air. La terre se fendait de toutes parts; l'herbe était brûlée; des exhalaisons chaudes sortaient du flanc des montagnes, et la plupart de leurs ruisseaux étaient desséchés. Aucun nuage ne venait du côté de la mer. Seulement, pendant le jour, des vapeurs rousses s'élevaient de dessus les plaines, et paraissaient, au coucher du soleil, comme les flammes d'un incendie.

La nuit même n'apportait aucun rafraîchissement à l'atmosphère embrasée. L'orbe de la lune, tout rouge, se levait, dans un horizon embrumé, d'une grandeur démesurée. Les troupeaux, abattus sur les flancs des collines, le cou tendu vers le ciel, aspirant l'air, faisaient retentir les vallons de tristes mugissemens. Le cafre même qui les conduisait se couchait sur la terre pour y trouver de la fraîcheur; mais partout le sol était brûlant, et l'air étouffant retentissait du bourdonnement des insectes qui cherchaient à se désaltérer dans le sang des hommes et des animaux.

Dans une de ces nuits ardentes, Virginie sentit redoubler tous les symptômes de son mal. Elle se levait, elle s'asseyait, elle se recouchait, et ne trouvait, dans aucune attitude, ni le sommeil ni le repos. Elle s'achemine, à la clarté de la lune, vers sa fontaine; elle en aperçoit la source, qui, malgré la sécheresse, coulait encore en filets d'argent sur les flancs bruns du rocher. Elle se plonge dans son bassin. D'abord la fraîcheur ranime ses sens, et mille souvenirs agréables se présentent à son esprit. Elle se rappelle que, dans son enfance, sa mère et Marguerite s'amusaient à la baigner avec Paul dans ce même lieu; que Paul ensuite, réservant ce bain pour elle seule, en avait creusé le lit, couvert le fond de sable, et semé sur ses bords des herbes aromatiques. Elle entrevoit dans l'eau, sur ses bras nus et sur son sein, les reflets des deux palmiers plantés à la naissance de son frère et à la sienne, qui entrelaçaient au-dessus de sa tête leurs rameaux verts et leurs jeunes cocos. Elle pense à l'amitié de Paul, plus douce que les parfums, plus pure que l'eau des fontaines, plus forte que les palmiers unis, et elle soupire. Elle songe à la nuit, à la solitude, et un feu dévorant la saisit. Aussitôt elle sort, effrayée, de ces dangereux ombrages, et de ces eaux plus brûlantes que les soleils de la zone torride. Elle court auprès de sa mère chercher un appui contre elle-même. Plusieurs fois, voulant lui raconter ses peines, elle lui pressa les mains dans les siennes; plusieurs fois, elle fut près de prononcer le nom de Paul, mais son cœur oppressé laissa sa langue sans expression, et posant sa tête sur le sein maternel, elle ne put que l'inonder de ses larmes.

Madame de La Tour pénétrait bien la cause du mal de sa fille, mais elle n'osait elle-même lui en parler. « Mon enfant, lui disait-elle, adresse-toi à » Dieu, qui dispose à son gré de la santé et de la vie. » Il t'éprouve aujourd'hui pour te récompenser de- » main. Songe que nous ne sommes sur la terre que » pour exercer la vertu. »

Cependant ces chaleurs excessives élevèrent de l'Océan des vapeurs qui couvrirent l'île comme un vaste parasol. Les sommets des montagnes les rassemblaient autour d'eux, et de longs sillons de feu sortaient de temps en temps de leurs pitons embrumés. Bientôt des tonnerres affreux firent retentir de leurs éclats les bois, les plaines et les vallons; des pluies épouvantables, semblables à des cataractes, tombèrent du ciel. Des torrens écumeux se précipitaient le long des flancs de cette montagne : le fond de ce bassin était devenu une mer; le plateau, où sont assises les cabanes, une petite île; et l'entrée de ce vallon, une écluse par où sortaient pêle-mêle, avec les eaux mugissantes, les terres, les arbres et les rochers.

Toute la famille tremblante priait Dieu dans la case de madame de La Tour, dont le toit craquait horriblement par l'effort des vents. Quoique la porte et les contre-vents en fussent bien fermés, tous les objets s'y distinguaient à travers les jointures de la charpente, tant les éclairs étaient vifs et fréquens. L'intrépide Paul, suivi de Domingue, allait d'une case à l'autre, malgré la fureur de la tempête, assurant ici un paroi avec un arc-boutant, et enfonçant là un pieu : il ne rentrait que pour consoler la famille par l'espoir prochain du retour du beau temps. En effet, sur le soir, la pluie cessa; le vent alizé du sud-est reprit son cours ordinaire; les nuages orageux furent jetés vers le nord-ouest, et le soleil couchant parut à l'horizon.

Le premier désir de Virginie fut de revoir le lieu de son repos. Paul s'approcha d'elle d'un air timide, et lui présenta son bras pour l'aider à marcher. Elle l'accepta en souriant, et ils sortirent ensemble de la case. L'air était frais et sonore. Des fumées blanches s'élevaient sur les croupes de la montagne, sillonnée çà et là de l'écume des torrens qui tarissaient de tous côtés. Pour le jardin, il était tout bouleversé par d'affreux ravins; la plupart des arbres fruitiers avaient leurs racines en haut; de grands amas de sable couvraient les lisières des prairies, et avaient comblé le bain de Virginie. Cependant les deux cocotiers étaient debout et bien verdoyans : mais il n'y avait plus aux environs ni gazons, ni berceaux, ni oiseaux, excepté quelques bengalis, qui, sur la pointe des rochers voisins, déploraient par des chants plaintifs la perte de leurs petits.

A la vue de cette désolation, Virginie dit à Paul : « Vous aviez apporté ici des oiseaux, l'ouragan les a » tués. Vous aviez planté ce jardin, il est détruit. » Tout périt sur la terre ; il n'y a que le ciel qui ne » change point. » Paul lui répondit : « Que ne puis- » je vous donner quelque chose du ciel ! mais je ne » possède rien, même sur la terre. » Virginie reprit en rougissant : « Vous avez à vous le portrait de » Saint Paul. » A peine eut-elle parlé qu'il courut le chercher dans la case de sa mère. Ce portrait était une petite miniature représentant l'ermite Paul. Marguerite y avait une grande dévotion ; elle l'avait porté long-temps suspendu à son cou étant fille ; ensuite, devenue mère, elle l'avait mis à celui de son enfant. Il était même arrivé qu'étant enceinte de lui, et délaissée de tout le monde, à force de contempler l'image de ce bienheureux solitaire, son fruit en avait contracté quelque ressemblance ; ce qui l'avait décidée à lui en faire porter le nom, et à lui donner pour patron un saint qui avait passé sa vie loin des hommes, qui l'avaient elle-même abusée, puis abandonnée. Virginie, en recevant ce petit portrait des mains de Paul, lui dit d'un ton ému : « Mon frère, il ne me sera jamais enlevé tant que je vivrai, et je n'oublierai jamais que tu m'as

donné la seule chose que tu possèdes au monde. »
ce ton d'amitié, à ce retour inespéré de familiarité
t de tendresse, Paul voulut l'embrasser ; mais,
ussi légère qu'un oiseau, elle lui échappa, et le
aissa hors de lui, ne concevant rien à une conduite
extraordinaire.

Cependant Marguerite disait à madame de La Tour. Pourquoi ne marions-nous pas nos enfans ? ils ont l'un pour l'autre une passion extrême dont mon fils ne s'aperçoit pas encore. Lorsque la nature lui aura parlé, en vain nous veillerons sur eux, tout est à craindre. » Madame de La Tour lui répondit: Ils sont trop jeunes et trop pauvres. Quel chagrin pour nous si Virginie mettait au monde des enfans malheureux, qu'elle n'aurait peut être pas la force d'élever ! Ton noir Domingue est bien cassé, Marie est infirme. Moi-même, chère amie, depuis quinze ans je me sens affaiblie. On vieillit promptement dans les pays chauds, et encore plus vite dans le chagrin. Paul est notre unique espérance. Attendons que l'âge ait formé son tempérament, et qu'il puisse nous soutenir par son travail. A présent, tu le sais, nous n'avons guère que le nécessaire de chaque jour. Mais en faisant passer Paul dans l'Inde pour un peu de temps, le commerce lui fournira de quoi acheter quelques esclaves ; et à son retour ici, nous le marierons à Virginie ; car je crois que personne ne peut rendre ma chère fille aussi heureuse que ton fils Paul. Nous en parlerons à notre voisin. »

En effet, ces dames me consultèrent, et je fus de

leur avis. « Les mers de l'Inde sont belles, leur dis-
» je. En prenant une saison favorable pour passer
» d'ici aux Indes, c'est un voyage de six semaines au
» plus, et d'autant de temps pour en revenir. Nous
» ferons dans notre quartier une pacotille à Paul ;
» car j'ai des voisins qui l'aiment beaucoup. Quand
» nous ne lui donnerions que du coton brut, dont
» nous ne faisons aucun usage, faute de moulins pour
» l'éplucher ; du bois d'ébène, si commun ici qu'il
» sert au chauffage, et quelques résines qui se per-
» dent dans nos bois ; tout cela se vend assez bien aux
» Indes, et nous est fort inutile ici.»

Je me chargeai de demander à M. de La Bourdonnais une permission d'embarquement pour ce voyage; et avant tout, je voulus en prévenir Paul. Mais quel fut mon étonnement lorsque ce jeune homme me dit, avec un bon sens fort au-dessus de son âge : « Pour-
» quoi voulez-vous que je quitte ma famille pour je
» ne sais quel projet de fortune ? Y a-t-il un com-
» merce au monde plus avantageux que la culture
» d'un champ qui rend quelquefois cinquante et cent
» pour un ? Si nous voulons faire le commerce, ne
» pouvons-nous pas le faire en portant notre superflu
» d'ici à la ville, sans que j'aille courir aux Indes ?
» Nos mères me disent que Domingue est vieux et
» cassé ; mais moi, je suis jeune, et je me renforce
» chaque jour. Il n'a qu'à leur arriver pendant mon
» absence quelque accident, surtout à Virginie, qui
» est déjà souffrante. Oh ! non, non, je ne saurais
» me résoudre à les quitter. »

Sa réponse me jeta dans un grand embarras ; car

nadame de La Tour ne m'avait pas caché l'état de /irginie, et le désir qu'elle avait de gagner quelques innées sur l'âge de ces jeunes gens, en les éloignant 'un de l'autre. C'étaient des motifs que je n'osais nême faire soupçonner à Paul.

Sur ces entrefaites, un vaisseau arrivé de France, ipporta à madame de La Tour une lettre de sa tante. La crainte de la mort, sans laquelle les cœurs durs ie seraient jamais sensibles, l'avait frappée. Elle iortait d'une grande maladie, dégénérée en langueur, it que l'âge rendait incurable. Elle mandait à sa nièce le repasser en France; ou, si sa santé ne lui pernettait pas de faire un si long voyage, elle lui enoignait d'y envoyer Virginie, à laquelle elle des inait une bonne éducation, un parti à la cour, et la lonation de tous ses biens. Elle attachait, disait-elle, le retour de ses bontés à l'exécution de ses ordres.

A peine cette lettre fut-elle lue dans la famille qu'elle y répandit la consternation. Domingue et Marie se mirent à pleurer. Paul, immobile d'étonnement, paraissait prêt à se mettre en colère. Virginie, les yeux fixés sur sa mère, n'osait proférer un mot. « Pourriez-vous nous quitter maintenant ? » dit Marguerite à madame de La Tour. — Non, » mon amie ; non, mes enfans, reprit madame de » La Tour; je ne vous quitterai point. J'ai vécu avec » vous, et c'est avec vous que je veux mourir. Je » n'ai connu le bonheur que dans votre amitié. Si » ma santé est dérangée, d'anciens chagrins en sont » cause. J'ai été blessée au cœur par la dureté de » mes parens, et par la perte de mon cher époux.

» Mais depuis j'ai goûté plus de consolations et de » félicité avec vous, sous ces pauvres cabanes, que » jamais les richesses de ma famille ne m'en ont fait » même espérer dans ma patrie. »

A ce discours, des larmes de joie coulèrent de tous les yeux. Paul, serrant madame de La Tour dans ses bras, lui dit : « Je ne vous quitterai pas non » plus; je n'irai point aux Indes. Nous travaillerons » tous pour vous, chère maman; rien ne vous man» quera jamais avec nous. » Mais de toute la société, la personne qui témoigna le moins de joie, et qui y fut la plus sensible, fut Virginie. Elle parut le reste du jour d'une gaîté douce, et le retour de sa tranquillité mit le comble à la satisfaction générale.

Le lendemain, au lever du soleil, comme ils venaient de faire tous ensemble, suivant leur coutume, la prière du matin qui précédait le déjeûner, Domingue les avertit qu'un monsieur à cheval, suivi de deux esclaves, s'avançait vers l'habitation. C'était M. de La Bourdonnais. Il entra dans la case, où toute la famille était à table. Virginie venait de servir, suivant l'usage du pays, du café et du riz cuit à l'eau. Elle y avait joint des patates chaudes et des bananes fraîches. Il y avait pour toute vaisselle des moitiés de calebasses, et pour linge des feuilles de bananier. Le gouverneur témoigna d'abord quelque étonnement de la pauvreté de cette demeure. Ensuite, s'adressant à madame de La tour, il lui dit que les affaires générales l'empêchaient quelquefois de songer aux particulières, mais qu'elle avait bien des droits sur lui. « Vous avez, ajoutait-il madame,

une tante de qualité et fort riche à Paris, qui vous réserve sa fortune, et vous attend auprès d'elle. »
adame de La Tour répondit au gouverneur que sa nté altérée ne lui permettait pas d'entreprendre ı si long voyage. « Au moins, reprit M. de La Bourdonnais, pour mademoiselle votre fille, si jeune et si aimable, vous ne sauriez sans injustice la priver d'une si grande succession. Je ne vous cache pas que votre tante a employé l'autorité pour la faire venir auprès d'elle. Les bureaux m'ont écrit à ce sujet d'user, s'il le fallait, de mon pouvoir; mais, ne l'exerçant que pour rendre heureux les habitans de cette colonie, j'attends de votre volonté seule un sacrifice, d'où dépend l'établissement de votre fille, le bien-être de toute votre vie. Pourquoi vient-on aux îles? n'est-ce pas pour » y faire fortune? N'est-il pas bien plus agréable de » l'aller retrouver dans sa patrie? »

En disant ces mots, il posa sur la table un gros ac de piastres que portait un de ses noirs. « Voilà, » ajouta-t-il, ce qui est destiné aux préparatifs de » votre fille, de la part de votre tante » Ensuite il 'aignit de reprocher avec bonté à madame de La Tour le ne s'être pas adressée à lui dans ses besoins, en ıa louant cependant de son noble courage. Paul aussitôt prit la parole, et dit au gouverneur: « Monsieur, » ma mère s'est adressée à vous, et vous l'avez mal » reçue. — Avez-vous un autre enfant, madame? » dit M. de La Bourdonnais à madame de La Tour. » — Non, monsieur, reprit-elle; celui-ci est le fils » de mon amie mais lui et Virginie nous sont com-

» muns et également chers. — Jeune homme, dit le » gouverneur à Paul, quand vous aurez acquis l'ex- » périence du monde, vous connaîtrez le malheur des » gens en place; vous saurez combien il est facile de » les prévenir, combien aisément ils donnent au vice » intriguant ce qui appartient au mérite qui se » cache. »

M. de La Bourdonnais, invité par madame de La Tour, s'assit à table auprès d'elle. Il déjeûna, à la manière des créoles, avec du café mêlé avec du riz cuit à l'eau. Il fut charmé de l'ordre et de la propreté de la case, de l'union de ces deux familles charmantes, et du zèle même de leurs vieux domestiques. « Il n'y a, dit-il, ici que des meubles de bois, mais » on y trouve des visages sereins et des cœurs d'or. » Paul, charmé de la popularité du gouverneur, lui dit: « Je désire être votre ami, car vous êtes un » honnête homme. » M. de La Bourdonnais reçut avec plaisir cette marque de cordialité insulaire. Il embrassa Paul en lui serrant la main, et l'assura qu'il pouvait compter sur son amitié.

Après déjeûner, il prit madame de La Tour en particulier, et lui dit qu'il se présentait une occasion prochaine d'envoyer sa fille en France sur un vaisseau prêt à partir; qu'il la recommanderait à une dame de ses parentes qui y était passagère; qu'il fallait bien se garder d'abandonner une fortune immense pour une satisfaction de quelques années. « Votre tante, ajouta-t-il en s'en allant, ne peut pas » traîner plus de deux ans: ses amis me l'ont mandé. » Songez-y bien; la fortune ne vient pas tous les

» jours. Consultez-vous. Tous les gens de bon sens » seront de mon avis. » Elle lui répondit que, « ne » désirant désormais d'autre bonheur dans le monde » que celui de sa fille, elle laisserait son départ pour » la France entièrement à sa disposition. »

Madame de La Tour n'était pas fâchée de trouver une occasion de séparer pour quelque temps Virginie et Paul, en procurant un jour leur bonheur mutuel. Elle prit donc sa fille à part, et lui dit : « Mon enfant, » nos domestiques sont vieux ; Paul est bien jeune ; » Marguerite vient sur l'âge ; je suis déjà infirme . si » j'allais mourir, que deviendriez-vous, sans fortune, » au milieu de ces déserts ? Vous resteriez donc » seule, n'ayant personne qui puisse vous être d'un » grand secours, et obligée, pour vivre, de tra- » vailler sans cesse à la terre comme une mercenaire. » Cette idée me pénètre de douleur. » Virginie lui répondit : « Dieu nous a condamnés au travail. Vous » m'avez appris à travailler, et à le bénir chaque » jour. Jusqu'à présent il ne nous a pas abandonnés, » il ne nous abandonnera point encore. Sa provi- » dence veille particulièrement sur les malheureux. » Vous me l'avez dit tant de fois, ma mère ! Je ne » saurais me résoudre à vous quitter. » Madame de La Tour, émue, reprit : « Je n'ai d'autre projet que » de te rendre heureuse, et de te marier un jour » avec Paul, qui n'est point ton frère. Songe main- » tenant que sa fortune dépend de toi. »

Une jeune fille qui aime croit que tout le monde l'ignore. Elle met sur ses yeux le voile qu'elle a sur son cœur ; mais, quand il est soulevé par une main amie, alors les peines secrètes de son amour s'échappent comme par une barrière ouverte, et les doux épanchemens de la confiance succèdent aux réserves et aux mystères dont elle s'environnait. Virginie, sensible aux nouveaux témoignages de bonté de sa mère, lui raconta quels avaient été ses combats, qui n'avaient eu d'autre témoin que Dieu seul; qu'elle voyait le secours de sa providence dans celui d'une mère tendre qui approuvait son inclination; et qui la dirigeait par ses conseils; que maintenant, appuyée de son support, tout l'engageait à rester auprès d'elle, sans inquiétude pour le présent et sans crainte pour l'avenir.

Madame de La Tour, voyant que sa confiance avait produit un effet contraire à celui qu'elle en attendait, lui dit : « Mon enfant, je ne veux point te contrain-
» dre, délibère à ton aise; mais cache ton amour
» à Paul. Quand le cœur d'une jeune fille est pris,
» son amant n'a plus rien à lui demander. »

Vers le soir, comme elle était seule avec Virginie, il entra chez elle un grand homme vêtu d'une soutane bleue. C'était un ecclésiastique missionnaire de l'île, et confesseur de madame de La Tour et de Virginie. Il était envoyé par le gouverneur. « Mes enfans, dit-
» il en entrant, Dieu soit loué! vous voilà riches.
» Vous pourrez écouter votre bon cœur, faire du
» bien aux pauvres. Je sais ce que vous a dit M. de
» La Bourdonnais, et ce que vous lui avez répondu.
» Bonne maman, votre santé vous oblige de rester
» ici; mais vous, jeune demoiselle, vous n'avez point
» d'excuse. Il faut obéir à la Providence, à nos

vieux parens, même injustes. C'est un sacrifice, mais c'est l'ordre de Dieu. Il s'est dévoué pour nous; il faut à son exemple, se dévouer pour le bien de sa famille. Votre voyage en France aura une fin heureuse. Ne voulez-vous pas bien y aller, ma chère demoiselle? »

Virginie, les yeux baissés, lui répondit en tremblant: « Si c'est l'ordre de Dieu, je ne m'oppose à rien. Que la volonté de Dieu soit faite! » dit-elle ı pleurant.

Le missionnaire sortit, et fut rendre compte au ouverneur du succès de sa commission. Cependant ıadame de La Tour m'envoya prier par Domingue ɜ passer chez elle pour me consulter sur le départ ɜ Virginie. Je ne fus point du tout d'avis qu'on la issât partir. Je tiens pour principes certains du onheur, qu'il faut préférer les avantages de la ature à tous ceux de la fortune, et que nous ne de- ɔns point aller chercher hors de nous ce que nous puvons trouver chez nous. J'étends ces maximes à ɔut, sans exception. Mais que pouvaient mes con- ɜils de modération contre les illusions d'une grande ɔrtune, et mes raisons naturelles contre les préjugés u monde et une autorité sacrée pour madame de La 'our? Cette dame ne me consulta donc que par bien- ɜance, et elle ne délibéra plus depuis la décision e son confesseur. Marguerite même, qui, malgré ɜs avantage qu'elle espérait pour son fils de la fortune e Virginie, s'était opposée fortement à son départ, e fit plus d'objections. Pour Paul, qui ignorait le arti auquel on se déterminait, étonné des convertions secrètes de madame de La Tour et de sa fille, il s'abandonnait à une tristesse sombre. « On trame » quelque chose contre moi, dit-il, puisqu'on se » cache de moi. » Cependant le bruit s'était répandu dans l'île, que la fortune avait visité ces rochers, on y vit grimper des marchands de toute espèce. Ils déployèrent, au milieu des pauvres cabanes, les plus riches étoffes de l'Inde : de superbes basins de Gondelour, des mouchoirs de Paliacate et de Mazulipatan, des mousselines de Daca, unies, rayées, brodées, transparentes comme le jour; des baftas de Surate d'un si beau blanc, de schites de toutes couleurs et des plus rares, à fond sablé et à rameaux verts. Ils déroulèrent de magnifiques étoffes de soie de Chine, des lampas découpés à jour, des damas d'un blanc satiné, d'autres d'un vert de prairies, d'autres d'un rouge à éblouir, des taffetas roses, des satins à pleine main, des pékins moelleux comme le drap, des nankins blancs et jaunes, et jusqu'à des pagnes de Madagascar.

Madame de La Tour voulut que sa fille achetât tout ce qui lui ferait plaisir ; elle veilla seulement sur le prix et les qualités des marchandises, de peur que les marchands ne la trompassent. Virginie choisit tout ce qu'elle crut être agréable à sa mère, à Marguerite et à son fils. « Ceci, disait-elle, était bon » pour des meubles, cela pour l'usage de Marie et » de Domingue. » Enfin le sac de piastres était employé, qu'elle n'avait pas encore songé à ses besoins Il fallut lui faire son partage sur les présens qu'elle avait distribués à la société.

Paul, pénétré de douleur à la vue de ces dons de fortune, qui lui présageaient le départ de Virginie, en vint quelques jours après chez moi. Il me dit d'un air accablé : « Ma sœur s'en va ; elle fait déjà les apprêts de son voyage. Passez chez nous, je vous prie. Employez votre crédit sur l'esprit de sa mère et de la mienne pour la retenir. » Je me rendis aux instances de Paul, quoique bien persuadé que mes représentations seraient sans effet.

Si Virginie m'avait paru charmante en toile bleue du Bengale, avec un mouchoir rouge autour de sa tête, ce fut encore tout autre chose quand je la vis parée à la manière des dames de ce pays. Elle était vêtue de mousseline blanche doublée de taffetas rose. Sa taille légère et élevée se dessinait parfaitement sous son corset ; et ses cheveux blonds, tressés à double tresse, accompagnaient admirablement sa tête virginale. Ses beaux yeux bleus étaient remplis de mélancolie ; et son cœur, agité par une passion combattue, donnait à son teint une couleur animée, et à sa voix des sons pleins d'émotion. Le contraste même de sa parure élégante, qu'elle semblait porter malgré elle, rendait sa langueur encore plus touchante. Personne ne pouvait la voir ni l'entendre sans se sentir ému. La tristesse de Paul en augmenta. Marguerite, affligée de la situation de son fils, lui dit en particulier : « Pourquoi, mon fils, te nourrir de fausses espérances, qui rendent les privations encore plus amères ? Il est temps que je te découvre le secret de ta vie et de la mienne. Mademoiselle de La Tour appartient, par sa mère, à une parente

» riche et de grande condition : pour toi, tu n'es » que le fils d'une pauvre paysanne, et, qui pis est, » tu es bâtard. »

Ce mot de bâtard étonna beaucoup Paul ; il ne l'avait jamais ouï prononcer ; il en demanda la signification à sa mère, qui lui répondit : « Tu n'as point » eu de père légitime. Lorsque j'étais fille, l'amour » me fit commettre une faiblesse dont tu as été le » fruit. Ma faute t'a privé de ta famille paternelle, et » mon repentir, de ta famille maternelle. Infortuné, » tu n'as d'autres parens que moi seule dans le » monde ! » et elle se mit à répandre des larmes. Paul la serrant dans ses bras, lui dit : « O ma mère ! » puisque je n'ai d'autres parens que vous dans le » monde, je vous en aimerai davantage. Mais quel » secret venez-vous de me révéler ! Je vois maintenant la raison qui éloigne de moi mademoiselle de » La Tour depuis deux mois, et qui la décide aujourd'hui à partir. Ah ! sans doute elle me méprise ! »

Cependant l'heure du souper étant venue, on se mit à table, où chacun des convives, agité de passions différentes, mangea peu, et ne parla point. Virginie en sortit la première, et fut s'asseoir au lieu où nous sommes. Paul la suivi bientôt après, et vint se mettre auprès d'elle. L'un et l'autre gardèrent quelque temps un profond silence. Il faisait une de ces nuits délicieuses, si communes entre les tropiques, et dont le plus habile pinceau ne rendrait pas la beauté. La lune paraissait au milieu du firmament entourée d'un rideau de nuages, que ses rayons dissipaient par degrés. Sa lumière se répandait insen

ement sur les montagnes de l'île et sur leurs
ns, qui brillaient d'un vert argenté. Les vents
naient leur haleine. On entendait dans les bois,
ond des vallées, au haut des rochers, de petits
, de doux murmures d'oiseaux qui se caressaient
s leurs nids, réjouis par la clarté de la nuit et la
quillité de l'air. Tous, jusqu'aux insectes, bruis-
nt sous l'herbe. Les étoiles étincelaient au ciel,
e réfléchissaient au sein de la mer, qui répétait
s images tremblantes. Virginie parcourait avec
regards distraits son vaste et sombre horizon,
tinqué du rivage de l'île par les feux rouges des
heurs. Elle aperçut, à l'entrée du port, une lu-
re et une ombre : c'étaient le fanal et le corps
vaisseau où elle devait s'embarquer pour l'Europe,
qui, prêt à mettre à la voile, attendait à l'ancre
fin du calme. A cette vue, elle se troubla, détourna
tête pour que Paul ne la vît pas pleurer.

Madame de La Tour, Marguerite et moi nous
ons assis à quelques pas de là, sous des bananiers;
, dans le silence de la nuit, nous entendîmes
stinctement leur conversation, que je n'ai pas ou-
ée.

Paul lui dit : « Mademoiselle, vous partez, dit-on,
dans trois jours. Vous ne craignez pas de vous ex-
poser aux dangers de la mer..... de la mer, dont
vous êtes si effrayée. — Il faut, répondit Virginie,
que j'obéisse à mes parens, à mon devoir. — Vous
nous quittez pour une parente éloignée que vous
n'avez jamais vue ! — Hélas ! dit Virginie, je vou-
lais rester ici toute ma vie ; ma mère ne l'a pas

» voulu. Mon confesseur m'a dit que la volonté de » Dieu était que je partisse ; que la vie était une » épreuve... Oh ! c'est une épreuve bien dure !

— » Quoi ! repartit Paul, tant de raisons vous ont » décidée, et aucune ne vous a retenue. Ah ! il en » est encore que vous ne me dites pas. La richesse a » de grands attraits. Vous trouverez bientôt, dans » un nouveau monde, à qui donner le nom de frère, » que vous ne me donnez plus. Vous le choisirez, ce » frère, parmi des gens dignes de vous, par une nais- » sance et une fortune que je ne puis vous offrir. » Mais, pour être plus heureuse, où voulez-vous » aller ? Dans quelle terre aborderez-vous qui vous » soit plus chère que celle où vous êtes née ? Où for- » merez-vous une société plus aimable que celle qui » vous aime ? Comment vivrez-vous sans les caresses » de votre mère, auxquelles vous êtes si accoutumée ? » Que deviendra-t-elle elle-même, déjà sur l'âge, » lorsqu'elle ne vous verra plus à ses côtés à table, » dans la maison, à la promenade, où elle s'appu- » yait sur vous ? Que deviendra la mienne, qui vous » chérit autant qu'elle ? Que leur dirai-je à l'une et » à l'autre, quand je les verrai pleurer de votre ab- » sence ? Cruelle ! je ne vous parle point de moi ; » mais que deviendrai-je moi-même quand, le ma- » tin, je ne vous verrai plus avec nous, et que la » nuit viendra sans nous réunir ; quand j'apercevrai » ces deux palmiers plantés à notre naissance, et si » long-temps témoin de notre amitié mutuelle ? Ah ! » puisqu'un nouveau sort te touche, que tu cherches » d'autres pays que ton pays natal, d'autres biens

» que ceux de mes travaux, laisse-moi t'accompagner
» sur le vaisseau où tu pars. Je te rassurerai dans les
» tempêtes qui te donnent tant d'effroi sur la terre.
» Je reposerai ta tête sur mon sein ; je réchaufferai
» ton cœur contre mon cœur ; et en France, où tu
» vas chercher de la fortune et de la grandeur, je te
» servirai comme ton esclave. Heureux de ton seul
» bonheur, dans ces hôtels où je te verrai servie et
» adorée, je serai encore assez riche, assez noble
» pour te faire le plus grand des sacrifices, en mou-
» rant à tes pieds. »

Les sanglots étouffèrent sa voix, et nous entendîmes aussitôt celle de Virginie, qui lui disait ces mots entrecoupés de soupirs : « C'est pour toi que je pars,...
» pour toi, que j'ai vu à chaque jour courbé par le
» travail pour nourrir deux familles infirmes. Si je
» me suis prêtée à l'occasion de devenir riche, c'est
» pour te rendre mille fois le bien que tu nous as
» fait. Est-il une fortune digne de ton amitié? Que
» me dis-tu de ta naissance? Ah! s'il m'était encore
» possible de me donner un frère, en choisirais-je
» un autre que toi! O Paul, ô Paul! tu m'es beaucoup
» plus cher qu'un frère! Combien m'en a-t-il coûté
» pour te repousser loin de moi! Je voulais que tu
» m'aidasses à me séparer de moi-même, jusqu'à ce
» que le ciel pût bénir notre union. Maintenant je
» reste, je pars, je vis, je meurs : fais de moi ce
» que tu veux. Fille sans vertu! j'ai pu résister à tes
» caresses, et je ne peux soutenir ta douleur! »

A ces mots, Paul la saisit dans ses bras, et la tenant étroitement serrée, il s'écria d'une voix terrible:

« Je pars avec elle ; rien ne pourra m'en détacher ! » Nous courûmes tous à lui. Madame de La Tour lui dit : « Mon fils, si vous nous quittez, qu'allons-nous » devenir ? »

Il répéta en tremblant ces mots : « Mon fils.. .. » mon fils..... Vous, ma mère, lui dit-il, vous qui » séparez le frère d'avec la sœur ! Tous deux nous » avons sucé votre lait ; tous deux, élevés sur vos » genoux, nous avons appris de vous à nous aimer ; » tous deux, nous nous le sommes dit mille fois, et » maintenant vous l'éloignez de moi ! vous l'envoyez » en Europe, dans ce pays barbare qui vous a refusé » un asile, et chez des parens cruels qui vous ont » vous-même abandonnée ! Vous me dirèz : Vous » n'avez plus de droits sur elle ; elle n'est pas votre » sœur. Elle est tout pour moi, ma richesse, ma fa- » mille, ma naissance, tout mon bien. Je n'en con- » nais plus d'autre. Nous n'avons eu qu'un toît, qu'un » berceau ; nous n'aurons qu'un tombeau. Si elle » part, il faut que je la suive. Le gouverneur m'en » empêchera ? M'empêchera-t-il de me jeter à la » mer ? Je la suivrai à la nage. La mer ne saurait » m'être plus funeste que la terre. Ne pouvant vivre » ici près d'elle, au moins je mourrai sous ses yeux, » loin de vous. Mère barbare ! femme sans pitié ! » puisse cet océan où vous l'exposez ne jamais vous » la rendre ! puissent ses flots vous rapporter mon » corps, et, le roulant avec le sien parmi les cail- » loux de ces rivages, vous donner, par la perte de » vos deux enfans, un sujet éternel de douleur ! »

A ces mots, je le saisis dans mes bras, car le

désespoir lui ôtait la raison. Ses yeux étincelaient ; la sueur coulait à grosses gouttes sur son visage en feu ; ses genoux tremblaient, et je sentais, dans sa poitrine brûlante, son cœur battre à coups redoublés.

Virginie effrayée, lui dit : « O mon ami ! j'atteste » les plaisirs de notre premier âge, tes maux, les » miens, et tout ce qui doit lier à jamais deux infor- » tunés, si je reste, de ne vivre que pour toi ; si je » pars, de revenir un jour pour être à toi. Je vous » prends à témoin, vous tous qui avez élevé mon en- » fance, qui disposez de ma vie et qui voyez mes » larmes. Je le jure par ce ciel qui m'entend, par » cette mer que je dois traverser, par l'air que je » respire, et que je n'ai jamais souillé du men- » songe. »

Comme le soleil fond et précipite un rocher de glace du sommet des Apennins, ainsi tomba la colère impétueuse de ce jeune homme à la voix de l'objet aimé. Sa tête altière était baissée, et un torrent de pleurs coulait de ses yeux. Sa mère, mêlant ses larmes aux siennes, le tenait embrassé sans pouvoir parler. Madame de La Tour, hors d'elle, me dit : « Je n'y puis tenir ; mon âme est déchirée. Ce mal- » heureux voyage n'aura pas lieu. Mon voisin, tâchez » d'emmener mon fils. Il y a huit jours que personne » ici n'a dormi. »

Je dis à Paul : « Mon ami, votre sœur restera. » Demain nous en parlerons au gouverneur : laissez » reposer votre famille, et venez passer cette nuit » chez moi. Il est tard, il est minuit ; la croix du sud » est droite sur l'horizon. »

Il se laissa emmener sans rien dire, et, après une nuit fort agitée, il se leva au point du jour, et s'en retourna à son habitation.

Mais qu'est-il besoin de vous continuer plus longtemps le récit de cette histoire? Il n'y a jamais qu'un côté agréable à connaître dans la vie humaine. Semblable au globe sur lequel nous tournons, notre révolution rapide n'est que d'un jour, et une partie de ce jour ne peut recevoir la lumière, que l'autre ne soit livrée aux ténèbres.

« Mon père, lui dis-je, je vous en conjure, ache-» vez de me raconter ce que vous avez commencé » d'une manière si touchante. Les images du bonheur » nous plaisent, mais celles du malheur nous ins-» truisent. Que devint, je vous prie, l'infortuné » Paul ? »

Le premier objet que vit Paul, en retournant à l'habitation, fut la négresse Marie, qui, montée sur un rocher, regardait vers la pleine mer. Il lui cria du plus loin qu'il l'aperçut : « Où est Virginie ? » Marie tourna le dos vers son jeune maître, et se mit à pleurer. Paul, hors de lui, revint sur ses pas, et courut au port. Il y apprit que Virginie s'était embarquée au point du jour, que son vaisseau avait mis à la voile aussitôt, et qu'on ne le voyait plus. Il revint à l'habitation, qu'il traversa sans parler à personne.

Quoique cette enceinte de rochers paraisse derrière nous presque perpendiculaire, ces plateaux verts, qui en divisent la hauteur, sont autant d'étages par lesquels on parvient, au moyen de quelques sentiers difficiles, jusqu'au pied de ce cône de rochers incliné et inaccessible, qu'on appelle le Pouce. A la base de ce rocher est une esplanade couverte de grands arbres, mais si élevée et si escarpée qu'elle est comme une grande forêt dans l'air, environnée de précipices effroyables. Les nuages, que le sommet du Pouce attire sans cesse autour de lui, y entretiennent plusieurs ruisseaux, qui tombent à une si grande profondeur au fond de la vallée située au revers de cette montagne, que de cette hauteur on n'entend point le bruit de leur chute. De ce lieu on voit une grande partie de l'île avec ses mornes surmontés de leurs pitons, entre autres Pieter-Booth et les Trois-Mamelles, avec leurs vallons remplis de forêts; puis la pleine mer, et l'Ile-de-Bourbon, qui est à quarante lieues de là vers l'occident. Ce fut de cette élévation que Paul aperçut le vaisseau qui emmenait Virginie. Il le vit à plus de dix lieues au large, comme un point noir au milieu de l'Océan. Il resta une partie du jour tout occupé à le considérer; et quand il fût perdu dans la vapeur de l'horizon, il s'assit dans ce lieu sauvage, toujours battu des vents, qui y agitent sans cesse les sommets des palmistes et des tatamaques. Leur murmure sourd et mugissant ressemble au bruit lointain des orgues, et inspire une profonde mélancolie. Ce fut là que je trouvai Paul, la tête appuyée contre le rocher, et les yeux fixés vers la terre. Je marchais après lui depuis le lever du soleil: j'eus beaucoup de peine à le déterminer à descendre et à revoir sa famille. Je le ramenai cependant à son habitation, et son premier mouvement, en revoyant madame de La Tour, fut de se plaindre amèrement qu'elle l'avait trompé. Madame de La Tour nous dit que le vent s'étant levé vers les trois heures du matin, le vaisseau étant au moment d'appareiller, le gouverneur, suivi d'une partie de son état-major et du missionnaire, était venu chercher Virginie en palanquin, et que, malgré ses propres raisons, ses larmes, et celles de Marguerite, tout le monde criant que c'était pour leur bien à tous, ils avaient emmené sa fille à demi-mourante. « Au moins, répondit Paul, si je lui avais fait mes » adieux, je serais tranquille à présent. Je lui aurais » dit : Virginie, si, pendant le temps que nous » avons vécu ensemble, il m'est échappé quelque » parole qui vous ait offensé, avant de me quitter » pour jamais, dites-moi que vous me le pardonnez. » Je lui aurais dit : Puisque je ne suis plus destiné à » vous revoir, adieu, ma chère Virginie ? adieu ! » Vivez loin de moi contente et heureuse ! » Et comme il vit que sa mère et madame de La Tour pleuraient : « Cherchez maintenant, leur dit-il, quelque autre » que moi qui essuie vos larmes ! » Puis il s'éloigna d'elles en gémissant, et se mit à errer çà et là dans l'habitation. Il en parcourait tous les endroits qui avaient été les plus chers à Virginie. Il disait à ses chèvres et à leurs petits chevreaux, qui le suivaient en bêlant : « Que me demandez-vous ? vous ne re- » verrez plus avec moi celle qui vous donnait à » manger dans sa main. » Il fut au repos de Virginie, et, à la vue des oiseaux qui voltigeaient autour, il s'écria : « Pauvres oiseaux ! vous n'irez plus au-devant de celle qui était votre bonne nourrice. » En vo-ınt Fidèle qui flairait çà et là, et marchait devant i en quêtant, il soupira, et lui dit : « Oh! tu ne la retrouveras plus jamais! » Enfin, il fut s'asseoir ır le rocher où il lui avait parlé la veille ; et, à ıspect de la mer, où il avait vu disparaître le vais-au qui l'avait emmenée, il pleura abondamment.

Cependant nous le suivions pas à pas, craignant ıelque suite funeste de l'agitation de son esprit. Sa ère et madame de La Tour le priaient, par les rmes les plus tendres, de ne pas augmenter leur ɔuleur par son désespoir. Enfin celle-ci parvint à calmer, en lui prodiguant les noms les plus propres réveiller ses espérances. Elle l'appelait son fils, ın cher fils, son gendre, celui à qui elle destinait ı fille. Elle l'engagea à rentrer dans la maison, et y prendre quelque peu de nourriture. Il se mit à ıble avec nous auprès de la place où se mettait la ɔmpagne de son enfance ; et, comme si elle l'eût ıcore occupée, il lui adressait la parole, et lui résentait les mets qu'il savait lui être les plus gréables; mais, dès qu'il s'apercevait de son erreur, se mettait à pleurer. Les jours suivans, il recueillit ɔut ce qui avait été à son usage particulier, les erniers bouquets qu'elle avait portés, une tasse de oco où elle avait coutume de boire ; et, comme si es restes de son amie eussent été les choses du monde es plus précieuses, il les baisait et les mettait dans on sein. L'ambre ne répand pas un parfum aussi loux que les objets touchés par l'objet que l'on aime. Enfin, voyant que ses regrets augmentaient ceux de sa mère et de madame de La Tour, et que les besoins de la famille demandaient un travail continuel, il se mit, avec l'aide de Domingue, à réparer le jardin.

Bientôt ce jeune homme, indifférent comme un créole pour tout ce qui se passe dans le monde, me pria de lui apprendre à lire et à écrire, afin qu'il pût entretenir une correspondance avec Virginie. Il voulut ensuite s'instruire dans la géographie, pour se faire une idée du pays où elle débarquerait; et dans l'histoire, pour connaître les mœurs de la société où elle allait vivre. Ainsi, il s'était perfectionné dans l'agriculture et dans l'art de disposer avec agrément le terrain le plus irrégulier, par le sentiment de l'amour. Sans doute, c'est aux jouissances que se propose cette passion ardente et inquiète, que les hommes doivent la plupart des sciences et des arts; et c'est de ses privations qu'est née la philosophie, qui apprend à se consoler de tout. Ainsi la nature, ayant fait de l'amour le lien de tous les êtres, l'a rendu le premier mobile de nos sociétés, et l'instigateur de nos lumières et de nos plaisirs.

Paul ne trouva pas beaucoup de goût dans l'étude de la géographie, qui, au lieu de nous décrire la nature de chaque pays, ne nous en présente que les divisions politiques. L'histoire, et surtout l'histoire moderne, ne l'intéressa guère davantage. Il n'y voyait que des malheurs généraux et périodiques, dont il n'apercevait pas les causes; des guerres sans sujet et sans objet; des intrigues obscures; des nations sans caractère et des princes sans humanité.

préférait à cette lecture celle des romans, qui, occupent davantage des sentimens et des intérêts s hommes, lui offraient quelquefois des situations reilles à la sienne. Aussi aucun livre ne lui fi tant de plaisir que le Télémaque, par ses tableaux la vie champêtre et des passions naturelles au eur humain. Il en lisait à sa mère et à madame de a Tour les endroits qui l'affectaient davantage ors, ému par de touchans ressouvenirs, sa voix étouffait, et les larmes coulaient de ses yeux. Il lui emblait trouver dans Virginie la dignité et la sagesse d'Antiope, avec les malheurs et la tendresse 'Eucharis. D'un autre côté, il fut tout bouleversé ar la lecture de nos romans à la mode, pleins de mœurs et de maximes licencieuses; et quand il sut ue ces romans renfermaient une peinture véritable les sociétés de l'Europe, il craignit, non sans quelque apparence de raison, que Virginie ne vînt à s'y orrompre et à l'oublier.

En effet, plus d'un an et demi s'était écoulé sans que madame de La Tour eût des nouvelles de sa tante et de sa fille; seulement elle avait appris, par une voie étrangère, que celle-ci était arrivée heureusement en France. Enfin elle reçut, par un vaisseau qui allait aux Indes, un paquet et une lettre écrite de la propre main de Virginie. Malgré la circonspection de son aimable et indulgente fille, elle jugea qu'elle était fort malheureuse. Cette lettre peignait si bien sa situation et son caractère, que je l'ai retenue presque mot pour mot.

« Très-chère et bien-aimée maman,

» Je vous ai déjà écrit plusieurs lettres de mo
» écriture, et, comme je n'en ai pas eu de réponse
» j'ai lieu de craindre qu'elles ne vous soient pa
» parvenues. J'espère mieux de celle-ci, par le
» précautions que j'ai prises pour vous donner d
» mes nouvelles, et pour recevoir des vôtres.

» J'ai versé bien des larmes depuis notre sépara
» tion, moi qui n'avais presque jamais pleuré qu
» sur les maux d'autrui! Ma grand'tante fut bie
» surprise à mon arrivée, lorsque, m'ayant ques
» tionnée sur mes talens, je lui dis que je ne savai
» ni lire ni écrire. Elle me demanda qu'est-ce qu
» j'avais donc appris depuis que j'étais au monde
» et quand je lui eus répondu que c'était à avoir soi
» d'un ménage et à faire votre volonté, elle m
» répondit que j'avais reçu l'éducation d'une servante
» Elle me mit, dès le lendemain, en pension dan
» une grande abbaye auprès de Paris, où j'ai de
» maîtres de toute espèce : ils m'enseignent, entr
» autres choses, l'histoire, la géographie, la gram
» maire, les mathématiques et à monter à cheval
» mais j'ai de si faibles dispositions pour toutes ce
» sciences, que je ne profiterai pas beaucoup ave
» ces messieurs. Je sens que je suis une pauvre créa
» ture qui ai peu d'esprit, comme ils le font entendre
» Cependant les bontés de ma tante ne se refroidis
» sent point. Elle me donne des robes nouvelles
» chaque saison. Elle a mis près de moi deux femme
» de chambre, qui sont aussi bien parées que d

grandes dames. Elle m'a fait prendre le titre de comtesse, mais elle m'a fait quitter mon nom de La Tour, qui m'était aussi cher qu'à vous-même, par tout ce que vous m'avez raconté des peines que mon père avait souffertes pour vous épouser. Elle a remplacé votre nom de femme par celui de votre famille, qui m'est encore cher cependant, parce qu'il a été votre nom de fille. Me voyant dans une situation aussi brillante, je l'ai suppliée de vous envoyer quelques secours. Comment vous rendre sa réponse? Mais vous m'avez recommandé de vous dire toujours la vérité. Elle m'a donc répondu que peu ne vous servirait à rien, et que, dans la vie simple que vous menez, beaucoup vous embarrasserait. J'ai cherché d'abord à vous donner de mes nouvelles par une main étrangère, au défaut de la mienne; mais n'ayant, à mon arrivée ici, personne en qui je pusse prendre confiance, je me suis appliquée, nuit et jour, à apprendre à lire et à écrire: Dieu m'a fait la grâce d'en venir à bout en peu de temps. J'ai chargé de l'envoi de mes premières lettres les dames qui sont autour de moi; j'ai lieu de croire qu'elles les ont remises à ma grand'tante. Cette fois, j'ai eu recours à une pensionnaire de mes amies: c'est sous son adresse ci-jointe que je vous prie de me faire passer vos réponses. Ma grand'tante m'a interdit toute correspondance au-dehors, qui pourrait, selon elle, mettre obstacle aux grandes vues qu'elle a sur moi. Il n'y a qu'elle qui puisse me voir à la grille, ainsi qu'un vieux seigneur de ses amis, qui a, dit-elle,

» beaucoup de goût pour ma personne. Pour dire l
» vérité, je n'en ai point du tout pour lui, quan
» même j'en pourrais avoir pour quelqu'un.

» Je vis au milieu de l'éclat de la fortune, et je n
» puis disposer d'un sou. On dit que, si j'avais d
» l'argent, cela tirerait à conséquence. Mes rob
» mêmes appartiennent à mes femmes de chambre
» qui se les disputent avant que je les aie quittée
» Au sein des richesses, je suis bien plus pauvre qu
» je ne l'étais auprès de vous; car je n'ai rien
» donner. Lorsque j'ai vu que les grands talens qu
» l'on m'enseignait ne me procuraient pas la facilit
» de faire le plus petit bien, j'ai eu recours à mo
» aiguille, dont heureusement vous m'avez appris
» faire usage. Je vous envoie donc plusieurs pair
» de bas de ma façon pour vous et maman Marguerit
» un bonnet pour Domingue, et un des mouchoi
» rouges pour Marie. Je joins à ce paquet des pépi
» et des noyaux des fruits de mes collations, av
» des graines de toutes sortes d'arbres que j'ai re
» cueillies, à mes heures de récréation, dans l
» parc de l'abbaye. J'y ai ajouté aussi des semenc
» de violettes, de marguerites, de bassinets, d
» coquelicots, de binets, de scabieuses, que j'
» ramassées dans les champs. Il y a dans les prairi
» de ce pays de plus belles fleurs que dans les nôtre
» mais personne ne s'en soucie. Je suis sûre que vo
» et maman Marguerite serez plus contentes de c
» sac de graines que du sac de piastres qui a été l
» cause de notre séparation et de mes larmes. C
» sera une grande joie pour moi si vous avez un jo

la satisfaction de voir des pommiers croître auprès de nos bananiers, et des hêtres mêler leur feuillage à celui de nos cocotiers. Vous vous croirez dans la Normandie que vous aimez tant.

» Vous m'avez enjoint de vous mander mes joies et mes peines. Je n'ai plus de joie loin de vous : pour mes peines, je les adoucis en pensant que je suis dans un poste où vous m'avez mise par la volonté de Dieu. Mais le plus grand chagrin que j'y éprouve est que personne ne me parle ici de vous, et que je n'en puis parler à personne. Mes femmes de chambre, ou plutôt celles de ma grand'tante, » car elles sont plus à elles qu'à moi, me disent, » lorsque je cherche à amener la conversation sur » des objets qui me sont si chers : Mademoiselle, » souvenez-vous que vous êtes française, et que vous » devez oublier le pays des sauvages. Ah ! je m'oublierais plutôt moi-même que d'oublier le lieu où » je suis née, et où vous vivez ! C'est ce pays-ci qui » est pour moi un pays de sauvages ; car j'y vis seule, » n'ayant personne à qui je puisse faire part de l'amour que vous portera jusqu'au tombeau,

» Très chère et bien-aimée maman,

» Votre obéissante et tendre fille,

» VIRGINIE DE LA TOUR. »

« Je recommande à vos bontés Marie et Domin» gue, qui ont pris tant de soins de mon enfance ; » caressez pour moi Fidèle, qui m'a retrouvée dans » les bois. »

Paul fut bien étonné de ce que Virginie ne parla pas du tout de lui, elle qui n'avait pas oublié, dans ses ressouvenirs, le chien de la maison : mais il ne savait pas que, quelque longue que soit la lettre d'une femme, elle n'y met jamais sa pensée la plus chère qu'à la fin.

Dans un post-scriptum, Virginie recommanda particulièrement à Paul deux espèces de graines, celles de violettes et de scabieuses. Elle lui donna quelques instructions sur les caractères de ces plantes, et sur les lieux les plus propres à les semer. « La violette, lui mandait-elle, produit une petite » fleur d'un violet foncé, qui aime à se cacher sous » les buissons ; mais son charmant parfum l'y fait » bientôt découvrir. » Elle lui enjoignait de la semer sur le bord de la fontaine, au pied de son cocotier. « La scabieuse, ajoutait-elle, donne une jolie fleur » d'un bleu mourant et à fond noir piqueté de blanc. » On la croirait en deuil. On l'appelle aussi, pour » cette raison, fleur de veuve. Elle se plaît dans les » lieux âpres et battus des vents. » Elle le priait de la semer sur le rocher où elle lui avait parlé la nuit la dernière fois, et de donner à ce rocher, pour l'amour d'elle, le nom de ROCHER DES ADIEUX.

Elle avait renfermé ces semences dans une petite bourse dont le tissu était fort simple, mais qui parut sans prix à Paul, lorsqu'il y aperçut un P et un V entrelacés, et formés de cheveux, qu'il reconnut, à leur beauté, pour être ceux de Virginie.

La lettre de cette sensible et vertueuse demoiselle fit verser des larmes à toute la famille. Sa mère lui pondit, au nom de la société, de rester ou de venir à son gré, l'assurant qu'ils avaient tous perdu meilleure partie de leur bonheur depuis son dé-ırt, et que pour elle en particulier elle en était consolable.

Paul lui écrivit une lettre fort longue, où il l'as-ırait qu'il allait rendre le jardin digne d'elle, et y éler les plantes de l'Europe à celle de l'Afrique, nsi qu'elle avait entrelacé leurs noms dans son ou-:age. Il lui envoyait des fruits des cocotiers de sa ıntaine, parvenus à une maturité parfaite. Il n'y ıignait, ajoutait-il, aucune autre semence de l'île, fin que le désir d'en revoir les productions la dé-:rminât à y revenir promptement. Il la suppliait de ː rendre au plus tôt aux vœux ardens de leur fa-ıille, et aux siens particuliers, puisqu'il ne pouvait ésormais goûter aucune joie loin d'elle.

Paul sema avec le plus grand soin les graines eu-opéennes, et surtout celles de violettes et de sca-ıieuses, dont les fleurs semblaient avoir quelque nalogie avec le caractère et la situation de Virginie, ıui les lui avait si particulièrement recommandées; nais, soit qu'elles eussent été éventées dans le trajet, oit plutôt que le climat de cette partie de l'Afrique ıe leur soit pas favorable, il n'en germa qu'un petit ıombre qui ne put venir à sa perfection.

Cependant l'envie, qui va même au-devant du ɔonheur des hommes, surtout dans les colonies fran-çaises, répandit dans l'île des bruits qui donnaient beaucoup d'inquiétude à Paul. Les gens du vaisseau qui avaient apporté la lettre de Virginie assuraient qu'elle était sur le point de se marier ; ils nommaient le seigneur de la cour qui devait l'épouser; quelques-uns même disaient que la chose était faite, et qu'ils en avaient été témoins. D'abord Paul méprisa des nouvelles apportées par un vaisseau de commerce, qui en répand souvent de fausses sur les lieux de son passage. Mais comme plusieurs habitans de l'île, par une pitié perfide, s'empressaient de le plaindre de cet événement, il commença à y ajouter quelque croyance. D'ailleurs, dans quelques-uns des romans qu'il avait lus, il voyait la trahison traitée de plaisanterie; et comme il savait que ces livres renfermaient des peintures assez fidèles des mœurs de l'Europe, il craignit que la fille de madame de La Tour ne vînt à s'y corrompre, et à oublier ses anciens engagemens. Ses lumières le rendaient déjà malheureux. Ce qui acheva d'augmenter ses craintes, c'est que plusieurs vaisseaux d'Europe arrivèrent ici depuis, dans l'espace de six mois, sans qu'aucun d'eux apportât des nouvelles de Virginie.

Cet infortuné jeune homme, livré à toutes les agitations de son cœur, venait me voir souvent, pour confirmer ou pour bannir ses inquiétudes par mon expérience du monde.

Je demeure, comme je vous l'ai dit, à une lieue et demie d'ici, sur les bords d'une petite rivière qui coulent le long de la Montagne-Longue. C'est là que je passe ma vie, seul, sans femme, sans enfans et sans esclaves.

Après le rare bonheur de trouver une compagne qui nous soit bien assortie, l'état le moins malheureux de la vie est sans doute de vivre seul. Tout homme qui a eu beaucoup à se plaindre des hommes, cherche la solitude. Il est même très-remarquable que tous les peuples malheureux par leurs opinions, leurs mœurs, ou leurs gouvernemens, ont produit des classes nombreuses de citoyens entièrement dévoués à la solitude et au célibat. Tels ont été les Égyptiens dans leur décadence, les Grecs du Bas-Empire; et tels sont, de nos jours, les Indiens, les Chinois, les Grecs modernes, les Italiens et la plupart des peuples orientaux et méridionaux de l'Europe. La solitude ramène en partie l'homme au bonheur naturel, en éloignant de lui le malheur social. Au milieu de nos sociétés, divisées par tant de préjugés, l'âme est dans une agitation continuelle; elle roule sans cesse en elle-même mille opinions turbulentes et contradictoires, dont les membres d'une société ambitieuse et misérable cherchent à se subjuguer les uns les autres. Mais, dans la solitude, elle dépose ces illusions étrangères qui la troublent; elle reprend le sentiment simple d'elle-même, de la nature et de son auteur. Ainsi l'eau bourbeuse d'un torrent qui ravage des campagnes, venant à se répandre dans quelque petit bassin écarté de son cours, dépose ses vases au fond de son lit, reprend sa première limpidité, et, redevenue transparente, réfléchit, avec ses propres rivages, la verdure de la terre et la lumières des cieux. La solitude rétablit aussi bien les harmonies du corps que celles de l'âme. C'est dans la classe des solitaires que se trouvent les hommes qui poussent le plus loin la carrière de la vie : tels sont les brames de l'Inde. Enfin, je la crois si nécessaire au bonheur dans le monde même, qu'il me paraît impossible d'y goûter un plaisir durable de quelque sentiment que ce soit, ou de régler sa conduite sur quelque principe stable, si l'on ne se fait une solitude intérieure, d'où notre opinion sorte bien rarement, et où celle d'autrui n'entre jamais. Je ne veux pas dire toutefois que l'homme doive vivre absolument seul : il est lié avec tout le genre humain par ses besoins; il doit donc ses travaux aux hommes; il se doit aussi au reste de la nature. Mais comme Dieu a donné à chacun de nous des organes parfaitement assortis aux élémens du globe où nous vivons, des pieds pour le sol, des poumons pour l'air, des yeux pour la lumière, sans que nous puissions intervertir l'usage de ces sens, il s'est réservé pour lui seul, qui est l'auteur de la vie, le cœur qui en est le principal organe.

Je passe donc mes jours loin des hommes que j'ai voulu servir, et qui m'ont persécuté. Après avoir parcouru une grande partie de l'Europe et quelques cantons de l'Amérique et de l'Afrique, je me suis fixé dans cette île peu habitée, séduit par sa douce température et par ses solitudes. Une cabane que j'ai bâtie dans la forêt, au pied d'un arbre, un petit champ défriché de mes mains, une rivière qui coule devant ma porte, suffisent à mes besoins et à mes plaisirs. Je joins à ces jouissances celle de quelques bons livres qui m'apprennent à devenir meilleur. Ils font encore servir à mon bonheur le monde même que j'ai quitté : ils me présentent des tableaux qui en rendent les habitans si misérables ; et par la comparaison que je fais de leur sort au mien, ils me font jouir d'un bonheur négatif. Comme un homme sauvé sur un rocher, je contemple de ma solitude les orages qui frémissent dans le reste du monde. Mon repos même redouble par le bruit lointain de la tempête. Depuis que les hommes ne sont plus sur mon chemin, et que je ne suis plus sur le leur, je ne les hais plus, je les plains. Si je rencontre quelque infortuné, je tâche de venir à son secours par mes conseils, comme un passant, sur le bord d'un torrent, tend la main à un malheureux qui s'y noie. Mais je n'ai guère trouvé que l'innocence attentive à ma voix. La nature appelle en vain à elle le reste des hommes ; chacun d'eux se fait d'elle une image qu'il revêt de ses propres passions. Il poursuit toute sa vie ce vain fantôme qui l'égare, et il se plaint ensuite au ciel de l'erreur qu'il s'est formée lui-même. Parmi un grand nombre d'infortunés que j'ai quelquefois essayé de ramener à la nature, je n'en ai pas trouvé un seul qui ne fût enivré de ses propres misères. Ils m'écoutaient d'abord avec attention, dans l'espérance que je les aiderais à acquérir de la gloire ou de la fortune ; mais, voyant que je ne voulais leur apprendre qu'à s'en passer, ils me trouvaient moi-même misérable de ne pas courir après leur malheureux bonheur : ils blâmaient ma vie solitaire : ils prétendaient qu'eux seuls étaient utiles aux hommes ; et ils s'efforçaient de m'entraîner dans leur tourbillon. Mais si je me communique à tout le monde, je ne me livre à personne Souvent il me suffit de moi pour servir de leçon à moi-même. Je repasse, dans le calme présent, les agitations passées de ma propre vie auxquelles j'ai donné tant de prix; les protections, la fortune, la réputation, les voluptés, et les opinions qui se combattent par toute la terre. Je compare tant d'hommes que j'ai vus disputer avec fureur ces chimères et qui ne sont plus, aux flots de ma rivière, qui se brisent en écumant contre les rochers de son lit et disparaissent pour ne revenir jamais. Pour moi, je me laisse entraîner en paix au fleuve du temps, vers l'océan de l'avenir qui n'a plus de rivages; et, par le spectacle des harmonies actuelles de la nature, je m'élève vers son auteur, et j'espère dans un autre monde de plus heureux destins.

Quoiqu'on n'aperçoive pas de mon hermitage, situé au milieu d'une forêt, cette multitude d'objets que nous présente l'élévation du lieu où nous sommes, il s'y trouve des dispositions intéressantes, surtout pour un homme qui, comme moi, aime mieux rentrer en lui-même que s'étendre au dehors. La rivière qui coule devant ma porte passe en ligne droite à travers les bois, en sorte qu'elle me présente un long canal ombragé d'arbres de toutes sortes de feuillages : il y a des tatamaques, des bois d'ébène, et de ceux qu'on appelle ici bois de gomme, bois d'olive, et bois de cannelle; des bosquets de palmistes élèvent çà et là leurs colonnes nues et longues de plus de cent pieds, surmontées à leurs sommets d'un bouquet de palmes, et paraissent au-dessus des autres arbres comme une forêt plantée sur une autre forêt. Il s'y joint des lianes de divers feuillages, qui, s'enlaçant d'un arbre à l'autre, forment ici des arcades de fleurs, là de longues courtines de verdure. Des odeurs aromatiques sortent de la plupart de ces arbres, et leurs parfums ont tant d'influence sur les vêtemens mêmes, qu'on sent ici un homme qui a traversé une forêt, quelques heures après qu'il en est sorti. Dans la saison où ils donnent leurs fleurs, vous les diriez à demi-couverts de neige. A la fin de l'été, plusieurs espèces d'oiseaux étrangers viennent, par un instinct incompréhensible, des régions inconnues, au-delà des vastes mers, récolter les graines des végétaux de cette île, et opposent l'éclat de leurs couleurs à la verdure des arbres rembrunie par le soleil. Telles sont, entre autres, diverses espèces de perruches, et les pigeons bleus, appelés ici pigeons hollandais. Les singes, habitans domiciliés de ces forêts, se jouent dans leurs sombres rameaux, dont ils se détachent par leur poil gris et verdâtre, et leur face toute noire; quelques-uns s'y suspendent par la queue et se balancent en l'air; d'autres sautent de branche en branche, portant leurs petits dans leurs bras. Jamais le fusil meurtrier n'y a effrayé ces paisibles enfans de la nature. On n'y entend que des cris de joie, des gazouillemens et des ramages inconnus de quelques oiseaux des terres australes, que répètent au loin les échos de ces forêts. La rivière, qui coule en bouillonnant sur un lit de roche, à travers les arbres, réfléchit çà et là dans ses eaux limpides leurs masses vénérables de verdure et d'ombre, ainsi que les jeux de leurs heureux habitans : à mille pas de là elle se précipite de différens étages de rocher, et forme à sa chute une nappe d'eau unie comme le cristal, qui se brise en tombant en bouillons d'écume. Mille bruits confus sortent de ses eaux tumultueuses, et dispersés par les vents dans la forêt, tantôt ils fuient au loin, tantôt ils se rapprochent tous à la fois, et assourdissent, comme les sons des cloches d'une cathédrale. L'air, sans cesse renouvelé par le mouvement des eaux, entretient sur les bords de cette rivière, malgré les ardeurs de l'été, une verdure et une fraicheur qu'on trouve rarement dans cette île, sur le haut même des montagnes.

A quelque distance de là est un rocher assez éloigné de la cascade pour qu'on n'y soit pas étourdi du bruit de ses eaux, et qui en est assez voisin pour y jouir de leur vue, de leur fraîcheur et de leur murmure. Nous allions quelquefois, dans les grandes chaleurs, dîner à l'ombre de ce rocher, madame de La Tour, Marguerite, Virginie, Paul et moi. Comme Virginie dirigeait toujours au bien d'autrui ses actions, mêmes les plus communes, elle ne mangeait pas un fruit à la campagne, qu'elle n'en mît en terre les noyaux ou les pépins. « Il en viendra, disait-elle, » des arbres qui donneront leurs fruits à quelque » voyageur, ou au moins à un oiseau. » Un jour donc qu'elle avait mangé une papaye au pied de ce rocher, elle y planta les semences de ce fruit. Bientôt après il y crut plusieurs papayers, parmi lesquels il y en avait un femelle, c'est-à-dire qui porte des fruits. Cet arbre n'était pas si haut que le genou de Virginie à son départ; mais comme il croît vite, deux s après il avait vingt pieds de hauteur, et son onc était entouré, dans sa partie supérieure, de usieurs rangs de fruits mûrs. Paul s'étant rendu ır hasard dans ce lieu, fut rempli de joie en voyant grand arbre sorti d'une petite graine qu'il avait planter par son amie; et en même temps il fut isi d'une tristesse profonde par ce témoignage de longue absence. Les objets que nous voyons habiellement ne nous font pas apercevoir de la rapidité notre vie; ils vieillissent avec nous d'une vieillesse sensible : mais ce sont ceux que nous revoyons ut-à-coup, après les avoir perdus quelques années vue, qui nous avertissent de la vitesse avec laıelle s'écoule le fleuve de nos jours. Paul fut aussi rpris et aussi troublé à la vue de ce grand papayer ıargé de fruits, qu'un voyageur l'est, après une ngue absence de son pays, de n'y plus retrouver s contemporains, et d'y voir leurs enfans, qu'il 'ait laissés à la mamelle, devenus eux-mêmes pères famille. Tantôt il voulait l'abattre, parce qu'il i rendait trop sensible la longueur du temps qui était écoulé depuis le départ de Virginie; tantôt considérant comme un monument de sa bienfaiınce, il baisait son tronc, et lui adressait des paoles pleines d'amour et de regrets. O arbre dont la rospérité existe encore dans nos bois, je vous ai vu ıoi-même avec plus d'intérêt et de vénération que s arcs de triomphe des Romains! Puisse la nature, ui détruit chaque jour les monumens de l'ambition es rois, multiplier dans nos forêts ceux de la bienısance d'une jeune et pauvre fille!

C'était donc au pied de ce papayer que j'étais sûr de rencontrer Paul quand il venait dans mon quartier. Un jour je l'y trouvai accablé de mélancolie, et j'eus avec lui une conversation que je vais vous rapporter, si je ne vous suis point trop ennuyeux par mes longues digressions, pardonnables à mon âge et à mes dernières amitiés. Je vous la raconterai en forme de dialogue, afin que vous jugiez du bon sens naturel de ce jeune homme; et il vous sera aisé de faire la différence des interlocuteurs, par le sens de ses questions et de mes réponses.

Il me dit :

« Je suis bien chagrin. Mademoiselle de La Tour » est partie depuis deux ans et deux mois; et depuis » huit mois et demi elle ne nous a pas donné de ses » nouvelles. Elle est riche, je suis pauvre : elle m'a » oublié. J'ai envie de m'embarquer : j'irai en » France, j'y servirai le roi, j'y ferai fortune; et la « grand'tante de mademoiselle de La Tour me don» nera sa petite nièce en mariage quand je serai de» venu un grand seigneur.

LE VIEILLARD.

» O mon ami! ne m'avez-vous pas dit que vous » n'aviez pas de naissance?

PAUL.

» Ma mère me l'a dit; car, pour moi, je ne sais » ce que c'est que la naissance. Je ne me suis jamais » aperçu que j'en eusse moins qu'un autre, ni que les » autres en eussent plus que moi.

LE VIEILLARD.

» Le défaut de naissance vous ferme en France le » chemin aux grands emplois. Il y a plus ; vous ne » pouvez même être admis dans aucun corps dis» tingué.

PAUL.

» Vous m'avez dit plusieurs fois qu'une des causes » de la grandeur de la France, était que le moindre » sujet pouvait y parvenir à tout, et vous m'avez cité » beaucoup d'hommes célèbres, qui, sortis de petits » états, avaient fait honneur à leur patrie. Vous vou» liez donc tromper mon courage ?

LE VIEILLARD.

» Mon fils, jamais je ne l'abattrai. Je vous ai dit » la vérité sur les temps passés ; mais les choses sont » bien changées à présent : tout est devenu vénal en » France ; tout y est aujourd'hui le patrimoine d'un » petit nombre de familles, ou le partage des corps. » Le roi est un soleil que les grands et les corps » environnent comme des nuages ; il est presque » impossible qu'un de ses rayons tombe sur vous. » Autrefois, dans une administration moins compli» quée, on a vu ces phénomènes. Alors les talens et » le mérite se sont développés de toutes parts, » comme des terres nouvelles, qui, venant à être » défrichées, produisent avec tout leur suc. Mais les » grands rois qui savent connaître les hommes et les

» choisir, sont rares. Le vulgaire des rois ne se laisse » aller qu'aux impulsions des grands et des corps qui » les environnent.

PAUL.

» Mais je trouverai peut-être un de ces grands qui » qui me protégera.

LE VIEILLARD.

» Pour être protégé des grands, il faut servir leur » ambition ou leurs plaisirs. Vous n'y réussirez ja- » mais ; car vous êtes sans naissance ; et vous avez de » la probité.

PAUL.

» Mais je ferai des actions si courageuses ; je serai » si fidèle à ma parole, si exact dans mes devoirs, » si zélé et si constant dans mon amitié, que je mé- » riterai d'être adopté par quelqu'un d'eux, comme » j'ai vu que cela se pratiquait dans les histoires an- » ciennes que vous m'avez fait lire.

LE VIEILLARD.

» O mon ami ! chez les Grecs et chez les Romains, » même dans leur décadence, les grands avaient du » respect pour la vertu; mais nous avons eu une foule » d'hommes célèbres en tous genres, sortis des classes » du peuple, et je n'en sache pas un seul qui ait été » adopté par une grande maison. La vertu, sans nos » rois, serait condamnée en France à être éternelement plébéienne. Comme je vous l'ai dit, ils la mettent quelquefois en honneur, lorsqu'ils l'aperoivent; mais aujourd'hui les distinctions qui lui taient réservées ne s'accordent plus que pour de 'argent.

PAUL.

» Au défaut d'un grand, je chercherai à plaire à un corps. J'épouserai entièrement son esprit et ses opinions, je m'en ferai aimer.

LE VIEILLARD.

» Vous ferez donc comme les autres hommes, vous renoncerez à votre conscience pour parvenir à la fortune?

PAUL.

» Oh, non! je ne chercherai jamais que la vérité.

LE VIEILLARD.

» Au lieu de vous faire aimer, vous pourriez bien vous faire haïr. D'ailleurs les corps s'intéressen fort peu à la découverte de la vérité. Toute opinion est indifférente aux ambitieux pourvu qu'ils gouvernent.

PAUL.

» Que je suis infortuné! tout me repousse. Je suis condamné à passer ma vie dans un travail

» obscur, loin de Virginie ! » Et il soupira profon
» dement.

LE VIEILLARD.

« Que Dieu soit votre unique patron, et le genre
» humain votre corps ! Soyez constamment attaché
» à l'un et à l'autre. Les familles, les corps, les
» peuples, les rois, ont leurs préjugés et leurs pas-
» sions ; il faut souvent les servir par des vices : Dieu
» et le genre humain ne nous demandent que des
» vertus.

» Mais pourquoi voulez-vous être distingué du reste
» des hommes ? C'est un sentiment qui n'est pas na-
» turel, puisque, si chacun l'avait, chacun serait
» en état de guerre avec son voisin. Contentez-vous
» de remplir votre devoir dans l'état où la providence
» vous a mis ; bénissez votre sort, qui vous permet
» d'avoir une conscience à vous, et qui ne vous oblige
» pas, comme les grands, de mettre votre bonheur
» dans l'opinion des petits ; et, comme les petits, de
» ramper sous les grands pour avoir de quoi vivre.
» Vous êtes dans un pays et dans une condition où
» pour subsister, vous n'avez besoin ni de tromper,
» ni de flatter, ni de vous avilir, comme font la
» plupart de ceux qui cherchent la fortune en Eu
» rope, où votre état ne vous interdit aucune vertu
» où vous pouvez être impunément bon, vrai, sin
» cère, instruit, patient, tempérant, chaste, in
» dulgent, pieux, sans qu'aucun ridicule vienn
» flétrir votre sagesse, qui n'est encore qu'en fleur
» Le ciel vous a donné de la liberté, de la santé, un

» bonne conscience et des amis : les rois, dont vous » ambitionnez la faveur, ne sont pas heureux.

PAUL.

» Ah ! il me manque Virginie ! Sans elle je n'ai » rien ; avec elle j'aurais tout. Elle seule est ma » naissance, ma gloire et ma fortune. Mais, puis- » qu'enfin sa parente veut lui donner pour mari un » homme d'un grand nom, avec l'étude et des livres » on devient savant et célèbre : je m'en vais étudier. » J'acquerrai de la science ; je servirai utilement ma » patrie par mes lumières, sans nuire à personne et » sans en dépendre ; je deviendrai fameux, et ma » gloire n'appartiendra qu'à moi.

LE VIEILLARD.

» Mon fils, les talens sont encore plus rares que » la naissance et que les richesses ; et sans doute ils » sont de plus grands biens, puisque rien ne peut les » ôter, et que partout ils nous concilient l'estime » publique : mais ils coûtent cher. On ne les acquiert » que par des privations en tout genre, par une » sensibilité exquise qui nous rend malheureux au » dedans, et au dehors par les persécutions de nos » contemporains. L'homme de robe n'envie point en » France la gloire du militaire, ni le militaire celle » de l'homme de mer ; mais tout le monde y traversera » votre chemin, parce que tout le monde s'y pique » d'avoir de l'esprit. Vous servirez les hommes, » dites-vous ? mais celui qui fait produire à un terrain

» une gerbe de blé de plus, leur rend un plus grand » service que celui qui leur donne un livre.

PAUL.

» Oh! celle qui a planté ce papayer a fait aux habitans de ces forêts un présent plus utile et plus » doux que si elle leur avait donné une bibliothèque.» Et en même temps il saisit cet arbre dans ces bras, et le baisa avec transport.

LE VIEILLARD.

« Le meilleur des livres, qui ne prêche que l'égalité, l'amitié, l'humanité et la concorde, l'Evangile, servit pendant des siècles de prétexte aux » fureurs des Européens. Combien de tyrannies » publiques et particulières s'exercent encore sous » son nom sur la terre! Après cela, qui se flattera » d'être utile aux hommes par un livre? Rappelez-vous quel a été le sort de la plupart des philosophes » qui leur ont prêché la sagesse. Homère, qui l'a » revêtue de vers si beaux, demandait l'aumône » pendant sa vie. Socrate, qui donna aux Athéniens » de si aimables leçons par ses discours et par ses » mœurs, fut empoisonné juridiquement par eux. Son sublime disciple Platon fut livré à l'esclavage par l'ordre du prince même qui le protégeait; et, avant eux, Pythagore, qui étendait l'humanité jusqu'aux animaux, fut brûlé vif par les Crotoniates. Que dis-je? la plupart même de ces noms illustres sont venus à nous, défigurés par quelques

» traits de satire qui les caractérisent, l'ingratitude » humaine se plaisant à les reconnaître là ; et si, » dans la foule, la gloire de quelques-uns est venue » nette et pure jusqu'à nous, c'est que ceux qui les » ont portés ont vécu loin de la société de leurs con- » temporains : semblables à ces statues qu'on tire » entières des champs de la Grèce et de l'Italie, et » qui, pour avoir été ensevelies dans le sein de la » terre, ont échappé à la fureur des barbares.

» Vous voyez donc que pour acquérir la gloire » orageuse des lettres, il faut bien de la vertu, et » être prêt à sacrifier sa propre vie. D'ailleurs, » croyez-vous que cette gloire intéresse en France » les gens riches? Ils se soucient bien des gens de » lettres, auxquels la science ne rapporte, ni dignités » dans la patrie, ni gouvernemens, ni entrée à la » cour. On persécute peu dans ce siècle indifférent à » tout, hors à la fortune et aux voluptés ; mais les » lumières et la vertu n'y mènent à rien de distingué, » parce que tout est dans l'état le prix de l'argent. » Autrefois elles trouvaient des récompenses assurées » dans les différentes places de l'église, de la magis- » trature et de l'administration ; aujourd'hui elles ne » servent qu'à faire des livres. Mais ce fruit peu prisé » des gens du monde, est toujours digne de son ori- » gine céleste. C'est à ces mêmes livres qu'il est ré- » servé particulièrement de donner de l'éclat à la » vertu obscure, de consoler les malheureux, d'é- » clairer les nations, et de dire la vérité même aux » rois. C'est, sans contredit, la fonction la plus au- » guste dont le ciel puisse honorer un mortel sur la

» terre. Quel est l'homme qui ne se console de l'injustice ou du mépris de ceux qui disposent de la fortune, lorsqu'il pense que son ouvrage ira, de » siècle en siècle, et de nations en nations, servir de » barrière à l'erreur et aux tyrans; et que, du sein » de l'obscurité où il a vécu, il jaillira une gloire qui » effacera celle de la plupart des rois, dont les mo- » numens périssent dans l'oubli, malgré les flatteurs » qui les élèvent et qui les vantent ?

PAUL.

» Ah ! je ne voudrais cette gloire que pour la ré- » pandre sur Virginie, et la rendre chère à l'univers. » Mais, vous qui avez tant de connaissance, dites- » moi si nous nous marierons. Je voudrais être sa- » vant, au moins pour connaître l'avenir.

LE VIEILLARD.

» Qui voudrais vivre, mon fils, s'il connaissait » l'avenir? Un seul malheur prévu nous donne tant » de vaines inquiétudes! la vue d'un malheur certain » empoisonnerait tous les jours qui le précéderaient. » Il ne faut pas même trop approfondir ce qui nous » environne; et le ciel, qui nous donna la réflexion » pour prévoir nos besoins, nous a donné les besoins » pour mettre des bornes à notre réflexion.

AUL.

» Avec de l'argent, dites-vous, on acquiert en Eu- » rope des dignités et des honneurs. J'irai m'enrichir

›u Bengale, pour aller épouser Virginie à Paris. Je vais m'embarquer.

LE VIEILLARD.

» Quoi! vous quitteriez sa mère et la vôtre?

PAUL.

» Vous m'avez moi-même donné le conseil de passer aux Indes.

LE VIEILLARD.

» Virginie était alors ici. Mais vous êtes maintenant l'unique soutien de votre mère et de la sienne.

PAUL.

» Virginie leur fera du bien par sa riche parente.

LE VIEILLARD.

» Les riches n'en font guère qu'à ceux qui leur » font honneur dans le monde. Ils ont des parens bien » plus à plaindre que madame de La Tour, qui, » faute d'être secourus par eux, sacrifient leur liberté » pour avoir du pain, et passent leur vie renfermés » dans des couvens.

PAUL.

» Quel pays que l'Europe! Oh! il faut que Virginie » revienne ici. Qu'a-t-elle besoin d'avoir une parente

» riche ? Elle était si contente sous sa cabane, si » jolie et si bien parée avec un mouchoir rouge ou » des fleurs autour de sa tête ! Reviens, Virginie, » quitte tes hôtels et tes grandeurs. Reviens dans ces » rochers, à l'ombre de ces bois et de nos cocotiers. » Hélas ! tu es peut-être maintenant malheureuse!...» Et il se mettait à pleurer. « Mon père, ne me cachez » rien : si vous ne pouvez me dire si j'épouserai Vir- » ginie, au moins apprenez-moi si elle m'aime en- » core, au milieu de ces grands seigneurs qui parlent » au roi, et qui la vont voir.

LE VIEILLARD.

» O mon ami ! je suis sûr qu'elle vous aime, par » plusieurs raisons, mais surtout parce qu'elle a de la » vertu. » A ces mots, il me sauta au cou, transporté de joie.

PAUL.

» Mais croyez-vous les femmes d'Europe fausses, » comme on les représente dans les comédies et dans » les livres que vous m'avez prêtés ?

LE VIEILLARD.

» Les femmes sont fausses dans les pays où les » hommes sont tyrans. Partout la violence produit la » ruse.

PAUL.

» Comment peut-on être tyran des femmes ?

LE VIEILLARD.

» En les mariant sans les consulter, une jeune fille » avec un vieillard, une femme sensible avec un » homme indifférent.

PAUL.

» Pourquoi ne pas marier ensemble ceux qui se » conviennent, les jeunes avec les jeunes, les amans » avec les amantes ?

LE VIEILLARD.

» C'est que la plupart des jeunes gens, en France, » n'ont pas assez de fortune pour se marier, et qu'ils » n'en acquièrent qu'en devenant vieux. Jeunes, ils » corrompent les femmes de leurs voisins; vieux, ils » ne peuvent fixer l'affection de leurs épouses. Ils » ont trompé étant jeunes; on les trompe à leur tour » étant vieux. C'est une des réactions de la justice » universelle qui gouverne le monde : un excès y ba- » lance toujours un autre excès. Ainsi la plupart des » Européens passent leur vie dans ce double désor- » dre; et ce désordre augmente dans une société, à » mesure que les richesses s'y accumulent sur un » moindre nombre de têtes. L'état est semblable » à un jardin, où les petits arbres ne peuvent venir, » s'il y en a de trop grands qui les ombragent; mais » il y a cette différence que la beauté d'un jardin » peut résulter d'un petit nombre de grands arbres, » et que la prospérité d'un état dépend toujours de

» la multitude et de l'égalité des sujets, et non pas
» d'un petit nombre de riches

PAUL.

» Mais, qu'est-il besoin d'être riche pour se ma-
» rier ?

LE VIEILLARD.

» Afin de passer ses jours dans l'abondance, sans
» rien faire.

PAUL.

» Et pourquoi ne pas travailler ? je travaille bien,
» moi !

LE VIEILLARD.

» C'est qu'en Europe le travail des mains déshonore. On l'appelle travail mécanique. Celui même de labourer la terre y est le plus méprisé de tous. Un artisan y est bien plus estimé qu'un paysan.

PAUL.

» Quoi ! l'art qui nourrit les hommes est méprisé en Europe ! Je ne vous comprends pas.

LE VIELLARD.

» Oh ! il n'est pas possible à un homme élevé dans la nature de comprendre les dépravations de la société. On se fait une idée précise de l'ordre, mais non pas du désordre. La beauté, la vertu, le bonheur, ont des proportions; la laideur, le vice et le malheur, n'en ont point.

PAUL.

» Les gens riches sont donc bien heureux! ils ne trouvent d'obstacles à rien; ils peuvent combler de plaisirs les objets qu'ils aiment.

LE VIEILLARD.

» Ils sont la plupart usés sur tous les plaisirs, par cela même qu'ils ne leur coûtent aucunes peines. N'avez-vous pas éprouvé que le plaisir du repos s'achète par la fatigue; celui de manger, par la faim; celui de boire, par la soif? Eh bien! celui d'aimer et d'être aimé ne s'acquiert que par une multitude de privations et de sacrifices. Les richesses ôtent aux riches tous ces plaisirs-là en prévenant leurs besoins. Joignez à l'ennui qui suit leur satiété, l'orgueil qui naît de leur opulence, et que la moindre privation blesse, lors même que les plus grandes jouissances ne les flattent plus. Le parfum de mille roses ne plaît qu'un instant; mais la douleur que cause une seule de leurs épines dure long-temps après sa piqûre. Un mal au milieu des plaisirs est pour les riches une épine au milieu des fleurs. Pour les pauvres, au contraire, un plaisir au milieu des maux est une fleur au milieu des épines; ils en goûtent vivement la jouissance. Tout effet augmente par son contraste. La nature a tout

» balancé. Quel état, à tout prendre, croyez-vous » préférable, de n'avoir presque rien à espérer et » tout à craindre, ou presque rien à craindre et tout » à espérer ? Le premier état est celui des riches, et » le second celui des pauvres. Mais ces extrêmes sont » également difficiles à supporter aux hommes dont » le bonheur consiste dans la médiocrité et la vertu.

PAUL.

» Qu'entendez-vous par la vertu ?

LE VIEILLARD.

» Mon fils, vous qui soutenez vos parens par vos » travaux, vous n'avez pas besoin qu'on vous la dé- » définisse. La vertu est un effort fait sur nous- » mêmes pour le bien d'autrui, dans l'intention de » plaire à Dieu seul.

PAUL.

» Oh ! que Virginie est vertueuse ! C'est par vertu » qu'elle a voulu être riche, afin d'être bienfaisante. » C'est par vertu qu'elle est partie de cette île ; la » vertu l'y ramènera.

L'idée de son retour prochain allumant l'imagination de ce jeune homme, toutes ses inquiétudes s'évanouissaient. Virginie n'avait point écrit, parce qu'elle allait arriver. Il fallait si peu de temps pour venir d'Europe avec un bon vent ! Il faisait l'énumération des vaisseaux qui avaient fait ce trajet de quatre mille cinq cents lieues en moins de trois mois. Le aisseau où elle s'était embarquée n'en mettrait pas lus de deux; les constructeurs étaient aujourd'hui i savans, et les marins si habiles! Il parlait des arranemens qu'il allait faire pour la recevoir, du noueau logement qu'il allait bâtir, des plaisirs et des irprises qu'il lui ménagerait chaque jour quand elle erait sa femme. Sa femme!.... cette idée le ravissait. u moins, mon père, me disait-il, vous ne ferez lus rien que pour votre plaisir. Virginie étant riche, ous aurons beaucoup de noirs qui travailleront pour ous. Vous serez toujours avec nous, n'ayant d'autre ouci que celui de vous amuser et de vous réjouir. t il allait, hors de lui, porter à sa famille la joie ont il était enivré.

En peu de temps les grandes craintes succèdent aux randes espérances. Les passions violentes jettent oujours l'âme dans les extrémités opposées. Souvent, ès le lendemain, Paul revenait me voir, accablé de ristesse. Il me disait : « Virginie ne m'écrit point. Si elle était partie d'Europe, elle m'aurait mandé son départ. Ah! les bruits qui ont couru d'elle ne sont que trop fondés! Sa tante l'a mariée à un grand seigneur. L'amour des richesses l'a perdue comme tant d'autres. Dans ces livres qui peignent si bien les femmes, la vertu n'est qu'un sujet de roman. Si Virginie avait eu de la vertu, elle n'aurait pas quitté sa propre mère et moi. Pendant que je passe ma vie à penser à elle, elle m'oublie. Je m'afflige, et elle se divertit. Ah! cette pensée me désespère. Tout travail me déplait, toute société

» m'ennuie. Plût à Dieu que la guerre fût déclarée » dans l'Inde ! j'irais y mourir.

» Mon fils, lui répondis-je, le courage qui nous jett » dans la mort n'est que le courage d'un instant. Il » est souvent excité par les vains applaudissemens des » hommes. Il en est un plus rare et plus nécessaire, » qui nous fait supporter chaque jour, sans témoin et » sans éloge, les traverses de la vie : c'est la patience. » Elle s'appuie, non sur l'opinion d'autrui ou sur » l'impulsion de nos passions, mais sur la volonté de » Dieu. La patience est le courage de la vertu.

» Ah ! s'écria-t-il, je n'ai donc point de vertu : » Tout m'accable et me désespère. — La vertu, repris- » je, toujours égale, constante, invariable, n'est » pas le partage de l'homme. Au milieu de tant de » passions qui nous agitent, notre raison se trouble » et s'obscurcit : mais il est des phares où nous pou- » vons en rallumer le flambeau : ce sont les lettres.

» Les lettres, mon fils, sont un secours du ciel. » Ce sont des rayons de cette sagesse qui gouverne » l'univers, que l'homme, inspiré par un art céleste, » a appris à fixer sur la terre. Semblables aux rayons » du soleil, elles réjouissent, elles échauffent : c'est » un feu divin. Comme le feu, elles approprient » toute la nature à notre usage. Par elles nous réu- » nissons autour de nous les choses, les lieux, les » hommes et les temps. Ce sont elles qui nous rap- » pellent aux règles de la vie humaine. Elles calment » les passions ; elles répriment les vices ; elles exci- » tent les vertus par les exemples augustes des gens » de bien qu'elles célèbrent, et dont elles nous

» présentent les images toujours honorées. Ce sont » des filles du ciel qui descendent sur la terre pour » charmer les maux du genre humain. Les grands » écrivains qu'elles inspirent ont toujours paru dans » les temps les plus difficiles à supporter à toute » société, les temps de barbarie et ceux de déprava- » tion. Mon fils, les lettres ont consolé une infinité » d'hommes plus malheureux que vous : Xénophon, » exilé de sa patrie après y avoir ramené dix mille » Grecs, Scipion l'africain, lassé des calomnies des » Romains ; Lucullus, de leurs brigues ; Catinat, de » l'ingratitude de la cour. Les Grecs, si ingénieux, » avaient réparti à chacune des Muses qui président » aux lettres une partie de notre entendement, pour » le gouverner : nous devons donc leur donner nos » passions à régir, afin qu'elles leur imposent un » joug et un frein. Elles doivent remplir, par rapport » aux puissances de notre âme, les mêmes fonctions » que les Heures qui attelaient et conduisaient les » chevaux du Soleil.

» Lisez donc, mon fils. Les sages qui ont écrit avant » nous sont des voyageurs qui nous ont précédés dans » les sentiers de l'infortune, qui nous tendent la » main, et nous invitent à nous joindre à leur com- » pagnie lorsque tout nous abandonne. Un bon livre » est un bon ami.

» Ah ! s'écria Paul, je n'avais pas besoin de savoir » lire quand Virginie était ici. Elle n'avait pas plus » étudié que moi ; mais quand elle me regardait en » m'appelant son ami, il m'était impossible d'avoir » du chagrin.

» Sans doute, lui disais-je, il n'y a point d'ami » aussi agréable qu'une maîtresse qui nous aime. Il » y a de plus dans la femme une gaîté légère qui dis- » sipe la tristesse de l'homme. Ses grâces font éva- » nouir les noirs fantômes de la réflexion. Sur son » visage sont les doux attraits et la confiance. Quelle » joie n'est rendue plus vive par sa joie ? quel front » ne se déride à son sourire ? quelle colère résiste à » ses larmes ? Virginie reviendra avec plus de philo- » sophie que vous n'en avez. Elle sera bien surprise » de ne pas retrouver le jardin tout-à-fait rétabli, » elle qui ne songe qu'à l'embellir, malgré les per- » sécutions de sa parente, loin de sa mère et de vous. »

L'idée du retour prochain de Virginie renouvelait le courage de Paul, et le ramenait à ses occupations champêtres. Heureux, au milieu de ses peines, de proposer à son travail une fin qui plaisait à sa passion.

Un matin, au point du jour (c'était le 24 décembre 1744), Paul, en se levant, aperçut un pavillon blanc arboré sur la montagne de la Découverte. Ce pavillon était le signalement d'un vaisseau qu'on voyait en mer. Paul courut à la ville pour savoir s'il n'apportait pas des nouvelles de Virginie. Il y resta jusqu'au retour du pilote du port, qui s'était embarqué pour aller le reconnaître, suivant l'usage. Cet homme ne revint que le soir. Il rapporta au gouverneur que le vaisseau signalé était le *Saint-Géran*, du port de sept cents tonneaux, commandé par un capitaine nommé M. Aubin ; qu'il était à quatre lieues au large, et qu'il ne mouillerait au Port-Louis que le lendemain dans l'après-midi, si le vent était vorable. Il n'en faisait point du tout alors. Le pilote emit au gouverneur les lettres que ce vaisseau apportait de France. Il y en avait une pour madame de a Tour, de l'écriture de Virginie. Paul s'en saisit ussitôt, la baisa avec transport, la mit dans son ein et courut à l'habitation. Du plus loin qu'il aperut la famille, qui attendait son retour sur le rocher es Adieux, il éleva la lettre en l'air, sans pouvoir arler; et aussitôt tout le monde se rassembla chez nadame de La Tour pour en entendre la lecture. 'irginie mandait à sa mère qu'elle avait éprouvé beauoup de mauvais procédés de la part de sa grand'tante, ui l'avait voulu marier malgré elle, ensuite déshéiter, et enfin renvoyer dans un temps qui ne lui ermettait d'arriver à l'Ile-de-France que dans la aison des ouragans; qu'elle avait essayé en vain de a fléchir, en lui représentant ce qu'elle devait à sa mère et aux habitudes du premier âge; qu'elle en avait été traitée de fille insensée, dont la tête était gâtée par les romans; qu'elle n'était maintenant sensible qu'au bonheur de revoir et d'embrasser sa chère famille; et qu'elle eût satisfait cet ardent désir dès le jour même, si le capitaine lui eût permis de s'embarquer dans la chaloupe du pilote; mais qu'il s'était opposé à son départ à cause de l'éloignement de la terre, et d'une grosse mer qui régnait au large, malgré le calme des vents.

A peine cette lettre fut lue, que toute la famille, transportée de joie, s'écria : « Virginie est arrivée ! » Maîtres et serviteurs, tous s'embrassèrent. Madame de La Tour dit à Paul : « Mon fils, allez prévenir

» notre voisin de l'arrivée de Virginie. » Aussitôt Domingue alluma un flambeau de bois de ronde, et Paul et lui s'acheminèrent vers mon habitation.

Il pouvait être dix heures du soir, je venais d'éteindre ma lampe et de me coucher, lorsque j'aperçus à travers les palissades de ma cabane une lumière dans les bois. Bientôt après j'entendis la voix de Paul qui m'appelait. Je me lève, et à peine j'étais habillé, que Paul, hors de lui, et tout essoufflé, me saute au cou en me disant : « Allons, allons, Virginie est » arrivée. Allons au port, le vaisseau y mouillera au » point du jour. »

Sur-le-champ nous nous mettons en route. Comme nous traversions les bois de la Montagne-Longue, et que nous étions déjà sur le chemin qui mène des Pamplemousses au port, j'entendis quelqu'un marcher derrière nous. C'était un noir qui s'avançait à grands pas. Dès qu'il nous eut atteints, je lui demandai d'où il venait, et où il allait en si grande hâte. Il me répondit : « Je viens du quartier de l'île » appelé la Poudre-d'Or : on m'envoie au port avertir » le gouverneur qu'un vaisseau de France est mouillé » sous l'île d'ambre. Il tire du canon pour demander » du secours, car la mer est bien mauvaise. » Cet homme, ayant ainsi parlé, continua sa route sans s'arrêter davantage.

Je dis alors à Paul : « Allons vers le quartier de » la Poudre-d'Or, au-devant de Virginie, il n'y a » que trois lieues d'ici. » Nous nous mîmes donc en route vers le nord de l'île. Il faisait une chaleur étouffante. La lune était levée, on voyait autour d'elle trois grands cercles noirs. Le ciel était d'une obscurité affreuse. On distinguait, à la lueur fréquente des éclairs, de longues files de nuages épais, sombres, peu élevés, qui s'entassaient vers le milieu de l'île, et venaient de la mer avec grande vitesse, quoiqu'on ne sentît pas le moindre vent à terre. Chemin faisant, nous crûmes entendre rouler le tonnerre; mais, ayant prêté l'oreille attentivement, nous reconnûmes que c'étaient des coups de canon répétés par les échos. Ces coups de canon lointains, joints à l'aspect d'un ciel orageux, me firent frémir. Je ne pouvais douter qu'ils ne fussent les signaux de détresse d'un vaisseau en perdition. Une demi-heure après, nous n'entendîmes plus tirer du tout; et ce silence me parut encore plus effrayant que le bruit lugubre qui l'avait précédé.

Nous nous hâtions d'avancer sans dire un mot, et sans oser nous communiquer nos inquiétudes. Vers minuit, nous arrivâmes tout en nage sur le bord de la mer, au quartier de la Poudre-d'Or. Les flots s'y brisaient avec un bruit épouvantable; ils en couvraient les rochers et les grèves d'écume d'un blanc éblouissant et d'étincelles de feu. Malgré les ténèbres, nous distinguâmes, à ces lueurs phosphoriques, les pirogues des pêcheurs, qu'on avait tirées bien avant sur le sable.

A quelque distance de là nous vîmes, à l'entrée du bois, un feu autour duquel plusieurs habitans s'étaient rassemblés. Nous fûmes nous y reposer en attendant le jour. Pendant que nous étions assis auprès du feu, un des habitans nous raconta que, dans l'après-midi, il avait vu un vaisseau en pleine mer, porté sur l'île par les courans ; que la nuit l'avait dérobé à sa vue ; que, deux heures après le coucher du soleil, il l'avait entendu tirer du canon pour appeler du secours ; mais que la mer était si mauvaise qu'on avait pu mettre aucun bateau dehors pour aller à lui ; que, bientôt après, il avait cru apercevoir ses fanaux allumés, et que, dans ce cas, il craignait que le vaisseau, venu si près du rivage, n'eût passé entre la terre et la petite île d'Ambre, prenant celle-ci pour le coin de mire, près duquel passent les vaisseaux qui arrivent au Port-Louis ; que, si cela était, ce qu'il ne pouvait toutefois affirmer, ce vaisseau était dans le plus grand péril. Un autre habitant prit la parole, et nous dit qu'il avait traversé plusieurs fois le canal qui sépare l'île d'Ambre de la côte ; qu'il avait sondé ; que la tenure et le mouillage en étaient très-bons ; et que le vaisseau y était en parfaite sûreté, comme dans le meilleur port : « J'y mettrais toute ma fortune, » ajouta-t-il, et j'y dormirais aussi tranquillement » qu'à terre. » Un troisième habitant dit qu'il était impossible que ce vaisseau pût entrer dans ce canal, où à peine les chaloupes pouvaient naviguer. Il assura qu'il l'avait vu mouiller au-delà de l'île d'Ambre, en sorte que, si le vent venait à s'élever au matin, il serait le maître de pousser au large, ou de gagner le port. D'autres habitans ouvrirent d'autres opinions. Pendant qu'ils contestaient entre eux, suivant la coutume des créoles oisifs, Paul et moi nous gardions un profond silence. Nous restâmes là jusqu'au petit point du jour ; mais il faisait trop peu de clarté au ciel pour qu'on pût distinguer aucun objet sur la mer, qui d'ailleurs était couverte de brume : nous n'entrevîmes au large qu'un nuage sombre, qu'on nous dit être l'île d'Ambre, située à un quart de lieue de la côte. On n'apercevait dans ce séjour ténébreux que la pointe du rivage où nous étions, et quelques pitons des montagnes de l'intérieur de l'île, qui apparaissaient de temps en temps au milieu des nuages qui circulaient autour.

Vers les sept heures du matin, nous entendîmes dans les bois un bruit de tambours : c'était le gouverneur, M. de La Bourdonnais, qui arrivait à cheval, suivi d'un détachement de soldats, armés de fusils, et d'un grand nombre d'habitans et de noirs. Il plaça ses soldats sur le rivage, et leur ordonna de faire feu de leurs armes tous à la fois. A peine leur décharge fut faite, que nous aperçûmes sur la mer une lueur, suivie presque aussitôt d'un coup de canon. Nous jugeâmes que le vaisseau était à peu de distance de nous, et nous courûmes tous du côté où nous avions vu son signal. Nous aperçûmes alors à travers le brouillard le corps et les vergues d'un grand vaisseau. Nous en étions si près que, malgré le bruit des flots, nous entendîmes le sifflet du maître qui commandait la manœuvre, et les cris des matelots, qui crièrent trois fois : *Vive le roi* ! car c'est le cri des Français dans les dangers extrêmes, ainsi que dans les grandes joies : comme si, dans les dangers, ils appelaient leur prince à leur secours, ou comme s'ils voulaient témoigner alors qu'ils sont prêts à périr pour lui.

Depuis le moment où le Saint-Géran aperçut que

nous étions à portée de le secourir, il ne cessa de tirer du canon de trois minutes en trois minutes. M. de La Bourdonnais fit allumer de grands feux de distance en distance sur la grève, et envoya chez tous les habitans du voisinage chercher des vivres, des planches, des câbles et des tonneaux vides. On en vit arriver bientôt une foule, accompagnés de leurs noirs chargés de provisions et d'agrès, qui venaient des habitations de la Poudre-d'Or, du quartier de Flaque et de la rivière du Rempart. Un des plus anciens de ces habitans s'approcha du gouverneur et lui dit : « Monsieur, on a entendu toute la nuit des bruits » sourds dans la montagne. Dans les bois, les feuilles » des arbres remuent sans qu'il fasse du vent. Les » oiseaux de marine se réfugient à terre ; certaine- » ment tous ces signes annoncent un ouragan. — Eh » bien ! mes amis, répondit le gouverneur, nous y » sommes préparés, et sûrement le vaisseau l'est » aussi. »

En effet, tout présageait l'arrivée prochaine d'un ouragan. Les nuages qu'on distinguait au zénith étaient, à leur centre, d'un noir affreux, et cuivrés sur les bords. L'air retentissait des cris des paille-en-cus, des frégates, des coupeurs-d'eau, et d'une multitude d'oiseaux de marine, qui, malgré l'obscurité de l'atmosphère, venaient, de tous les points de l'horizon, chercher des retraites dans l'île.

Vers les neuf heures du matin, on entendit du côté de la mer des bruits épouvantables, comme si des torrens d'eau, mêlés à des tonnerres, eussent roulé du haut des montagnes. Tout le monde s'écria : Voilà l'ouragan! et dans l'instant un tourbillon affreux de vent enleva la brume qui couvrait l'île d'Ambre et son canal. Le Saint-Géran parut alors à découvert avec son pont chargé de monde, ses vergues et ses mâts de hune amenés sur le tillac, son pavillon en berne, quatre câbles sur son avant, et un de retenue sur son arrière. Il était mouillé entre l'île d'Ambre et la terre, en-deçà de la ceinture de récifs qui entoure l'Ile-de-France, et qu'il avait franchie par un endroit où jamais vaisseau n'avait passé avant lui. Il présentait son avant aux flots qui venaient de la pleine mer, et à chaque lame d'eau qui s'engageait dans le canal, sa proue se soulevait tout entière, de sorte qu'on en voyait la carène en l'air; mais, dans ce mouvement, sa poupe, venant à plonger, disparaissait à la vue jusqu'au couronnement, comme si elle eût été submergée. Dans cette position, où le vent et la mer le jetaient à terre, il lui était également impossible de s'en aller par où il était venu, ou, en coupant ses câbles, d'échouer sur le rivage, dont il était séparé par de hauts fonds semés de récifs. Chaque lame qui venait briser sur la côte s'avançait en mugissant jusqu'au fond des anses, et y jetait des galets à plus de cinquante pieds dans les terres; puis, venant à se retirer, elle découvrait une grande partie du lit du rivage dont elle roulait les cailloux avec un bruit rauque et affreux. La mer, soulevée par le vent, grossissait à chaque instant, et tout le canal compris entre cette île et l'île d'Ambre n'était qu'une vaste nappe d'écumes blanches, creusées de vagues noires et profondes. Ces vagues s'amassaient dans le fond des anses à plus de six pieds de hauteur, et le vent, qui en balayait la surface, les portait, par-dessus l'escarpement du rivage, à plus d'une demi-lieue dans les terres. A leurs flocons blancs et innombrables, qui étaient chassés horizontalement jusqu'au pied des montagnes, on eût dit d'une neige qui sortait de la mer. L'horizon offrait tous les signes d'une longue tempête; la mer y paraissait confondue avec le ciel. Il s'en détachait sans cesse des nuages d'une forme horrible, qui traversaient le zénith avec la vitesse des oiseaux, tandis que d'autres y paraissaient immobiles comme de grands rochers. On n'apercevait aucune partie azurée du firmament; une lueur olivâtre et blafarde éclairait seule tous les objets de la terre, de la mer et des cieux.

Dans les balancemens du vaisseau, ce qu'on craignait arriva. Les câbles de son avant rompirent; et, comme il n'était plus retenu par une seule ansière, il fut jeté sur les rochers à une demi-encâblure du rivage. Ce ne fut qu'un cri de douleur parmi nous. Paul allait s'élancer à la mer, lorsque je le saisis par le bras : « Mon fils, lui dis-je, voulez-vous périr ? » — Que j'aille à son secours, s'écria-t-il, ou que » je meure ! » Comme le désespoir lui ôtait la raison, Domingue et moi nous lui attachâmes à la ceinture une longue corde dont nous saisîmes l'une des extrémités. Paul alors s'avança vers le Saint-Géran, tantôt nageant, tantôt marchant sur les récifs. Quelquefois il avait l'espoir de l'aborder; car la mer, dans ses mouvemens irréguliers, laissait le vaisseau presque à sec, de manière qu'on en eût pu faire le tour à pied ; mais bientôt après, revenant sur ses pas avec une nouvelle furie, elle le couvrait d'énormes voûtes d'eau qui soulevaient tout l'avant de sa carène, et rejetaient bien loin sur le rivage le malheureux Paul, les jambes en sang, la poitrine meurtrie, et à demi-noyé. A peine ce jeune homme avait-il repris l'usage de ses sens, qu'il se relevait et retournait avec une nouvelle ardeur vers le vaisseau, que la mer cependant entr'ouvrait par d'horribles secousses. Tout l'équipage, désespérant alors de son salut, se précipitait en foule à la mer, sur des vergues, des planches, des cages à poules, des tables et des tonneaux. On vit alors un objet digne d'une éternelle pitié : une jeune demoiselle parut dans la galerie de la poupe du Saint-Géran, tendant les bras vers celui qui faisait tant d'efforts pour la joindre. C'était Virginie. Elle avait reconnu son amant à son intrépidité. La vue de cette aimable personne, exposée à un si terrible danger, nous remplit de douleur et de désespoir. Pour Virginie, d'un port noble et assuré, elle nous faisait signe de la main, comme nous disant un éternel adieu. Tous les matelots s'étaient jetés à la mer. Il n'en restait plus qu'un sur le pont, qui était tout nu, et nerveux comme Hercule. Il s'approcha de Virginie avec respect ; nous le vîmes se jeter à ses genoux, et s'efforcer même de lui ôter ses habits ; mais elle, le repoussant avec dignité, détourna de lui sa vue. On entendit aussitôt ces cris redoublés des spectateurs : « Sauvez-la : ne la quittez pas ! » Mais dans ce moment une montagne d'eau d'une effroyable grandeur s'engouffra entre l'île d'Ambre et la côte, et s'avança en rugissant vers le vaisseau, qu'elle menaçait de ses flancs noirs et de ses sommets écumans. A cette terrible vue, le matelot s'élança seul à la mer; et Virginie, voyant la mort inévitable, posa une main sur ses habits, l'autre sur son cœur, et, levant en haut des yeux sereins, parut un ange qui prend son vol vers les cieux.

O jour affreux! hélas! tout fut englouti. La lame jeta bien avant dans les terres une partie des spectateurs qu'un mouvement d'humanité avait portés à s'avancer vers Virginie, ainsi que le matelot qui l'avait voulu sauver à la nage. Cet homme, échappé à une mort presque certaine, s'agenouilla sur le sable, en disant: « O mon Dieu! vous m'avez sauvé » la vie; mais je l'aurais donnée de bon cœur pour » cette digne demoiselle qui n'a jamais voulu se dés» habiller comme moi. » Domingue et moi nous retirâmes des flots le malheureux Paul sans connaissance, rendant le sang par la bouche et par les oreilles. Le gouverneur le fit mettre entre les mains des chirurgiens, et nous cherchâmes de notre côté, le long du rivage, si la mer n'y apporterait point le corps de Virginie; mais le vent ayant tourné subitement, comme il arrive dans les ouragans, nous eûmes le chagrin de penser que nous ne pourrions pas même rendre à cette fille infortunée les devoirs de la sépulture. Nous nous éloignâmes de ce lieu, accablés de consternation, tous l'esprit frappé d'une seule perte, dans un naufrage où un grand nombre de personnes avaient péri, la plupart, doutant, d'après une fin aussi funeste d'une fille si vertueuse, qu'il existâ une providence ; car il y a des maux si terribles et si peu mérités, que l'espérance même du sage en est ébranlée.

Cependant on avait mis Paul, qui commençait à reprendre ses sens, dans une maison voisine, jusqu'à ce qu'il fût en état d'être transporté à son habitation. Pour moi, je m'en revins avec Domingue, afin de préparer la mère de Virginie et son amie à ce désastreux événement. Quand nous fûmes à l'entrée du vallon de la rivière des Lataniers, des noirs nous dirent que la mer jetait beaucoup de débris du vaisseau dans la baie vis-à-vis. Nous y descendîmes ; et l'un des premiers objets que j'aperçus sur le rivage, fut le corps de Virginie. Elle était à moitié couverte de sable ; dans l'attitude où nous l'avions vu périr. Ses traits n'étaient point sensiblement altérés. Ses yeux étaient fermés; mais la sérénité était encore sur sont front : seulement les pâles violettes de la mort se confondaient sur ses joues avec les roses de la pudeur. Une de ses mains était sur ses habits, et l'autre, qu'elle appuyait sur son cœur, était fortement fermée et roidie. J'en dégageai avec peine une petite boîte ; mais qu'elle fut ma surprise lorsque je vis que c'était le portrait de Paul, qu'elle lui avait promis de ne jamais abandonner tant qu'elle vivrait ! A cette dernière marque de la constance et de l'amour de cette fille infortunée, je pleurai amèrement. Pour Domingue, il se frappait la poitrine, et perçait l'air de ses cris douloureux. Nous portâmes le corps de Virginie dans une cabane de pêcheurs, où nous le donnâmes à garder à de pauvres femmes malabares, qui prirent soin de le laver.

Pendant qu'elles s'occupaient de ce triste office nous montâmes en tremblant à la habitation. Nous y trouvâmes madame de La Tour, et Marguerite en prière, en attendant des nouvelles du vaisseau. Dès que madame de La Tour m'aperçut, elle s'écria : « Où est ma fille, ma chère fille, mon enfant ? » Ne pouvant douter de son malheur à mon silence et à mes larmes, elle fut saisie tout-à-coup d'étouffemens et d'angoisses douloureuses; sa voix ne faisait plus entendre que des soupirs et des sanglots. Pour Marguerite, elle s'écria : « Où est mon fils ? je ne » vois point mon fils ! » et elle s'évanouit. Nous courûmes à elle : et, l'ayant fait revenir, je l'assurai que Paul était vivant, et que le gouverneur en faisait prendre soin. Elle ne reprit ses sens que pour s'occuper de son amie, qui tombait de temps en temps dans de longs évanouissemens. Madame de La Tour passa toute la nuit dans ces cruelles souffrances; et, par leurs longues périodes, j'ai jugé qu'aucune douleur n'était égale à la douleur maternelle. Quand elle recouvrait la connaissance, elle tournait des regards fixes et mornes vers le ciel. En vain son amie et moi nous lui pressions les mains dans les nôtres, en vain nous l'appelions par les noms les plus tendres, elle paraissait insensible à ces témoignages de notre ancienne affection : et il ne sortait de sa poitrine oppressée que de sourds gémissemens.

Dès le matin on apporta Paul couché dans un palanquin. Il avait repris l'usage de ses sens; mais il ne pouvait proférer une parole. Son entrevue avec sa mère et madame de La Tour, que j'avais d'abord redoutée, produisit un meilleur effet que tous les soins que j'avais pris jusqu'alors. Un rayon de consolation parut sur le visage de ses deux malheureuses mères. Elles se mirent l'une et l'autre auprès de lui le saisirent dans leurs bras, le baisèrent; et leurs larmes, qui avaient été suspendues jusqu'alors par l'excès de leur chagrin, commencèrent à couler. Paul y mêla bientôt les siennes. La nature s'étant ainsi soulagée dans ces trois infortunés, un long assoupissement succéda à l'état convulsif de leur douleur, et leur procura un repos léthargique semblable, à la vérité, à celui de la mort.

M. de La Bourdonnais m'envoya avertir secrètement que le corps de Virginie avait été apporté à la ville par son ordre, et que de là on allait le transférer à l'église des Pamplemousses. Je descendis aussitôt au Port-Louis, où je trouvai des habitans de tous les quartiers, rassemblés pour assister à ses funérailles, comme si l'île eût perdu en elle ce qu'elle avait de plus cher. Dans le port, les vaisseaux avaient leurs vergues croisées, leurs pavillons en berne, et tiraient du canon par de longs intervalles. Des grenadiers ouvraient la marche du convoi; ils portaient leurs fusils baissés. Leurs tambours, couverts de longs crêpes, ne faisaient entendre que des sons lugubres; et on voyait l'abattement peint dans les traits de ces guerriers qui avaient tant de fois affronté la mort dans les combats sans changer de visage. Huit jeunes demoiselles des plus considérables de l'île, vêtues de blanc, et tenant des palmes à la main, portaient le corps de leur vertueuse compagne, couverte de fleurs. Un chœur de petits enfans le suivaient en chantant des hymnes ; après eux venait tout ce que l'île avait de plus distingué dans ses habitans et dans son état-major à la suite duquel marchait le gouverneur, suivi de la foule du peuple.

Voilà ce que l'administration avait ordonné pour rendre quelques honneurs à la vertu de Virginie. Mais quand son corps fut arrivé au pied de cette montagne, à la vue de ces mêmes cabanes dont elle avait fait si long-temps le bonheur, et que sa mort remplissait maintenant de désespoir, toute la pompe funèbre fut dérangée : les hymnes et les chants cessèrent ; on n'entendit plus dans la plaine que des soupirs et des sanglots. On vit accourir alors des troupes de jeunes filles des habitations voisines pour faire toucher au cercueil de Virginie des mouchoirs, des chapelets et des couronnes de fleurs, en l'invoquant comme une sainte. Les mères demandaient à Dieu une fille comme *elle* ; les garçons, des amantes aussi constantes ; les pauvres, une amie aussi tendre ; les esclaves une maîtresse aussi bonne.

Lorsqu'elle fut arrivée au lieu de sa sépulture, des négresses de Madagascar et des cafres de Mosambique déposèrent autour d'elle des paniers de fruits, et suspendirent des pièces d'étoffes aux arbres voisins, suivant l'usage de leurs pays ; des indiennes du Bengale et de la côte Malabre, apportèrent des cages pleines d'oiseaux, auxquels elles donnèrent la liberté sur son corps : tant la perte d'un objet aimable intéresse toutes les nations ! et tant est grand le pouvoir de la vertu malheureuse puisqu'elle réunit toutes les religions autour de son tombeau !

Il fallut mettre des gardes auprès de sa fosse, et en écarter quelques filles de pauvres habitans, qui voulaient s'y jeter à toute force, disant qu'elles n'avaient plus de consolations à espérer dans ce monde et qu'il ne leur restait qu'à mourir avec celle qui était leur unique bienfaitrice.

On l'enterra près de l'église des Pamplemousses sur son côté occidental, au pied d'une touffe de bambous, où, en venant à la messe avec sa mère et Marguerite, elle aimait à se reposer assise à côté de celui qu'elle appelait alors son frère.

Au retour de cette pompe funèbre, M. de La Bourdonnais monta ici, suivi d'une partie de son nombreux cortége. Il offrit à madame de La Tour e à son amie tous les secours qui dépendaient de lui Il s'exprima en peu de mots, mais avec indignation contre sa tante dénaturée ; et, s'approchant de Paul, il lui dit tout ce qu'il crut propre à le consoler. « Je » désirais, lui dit-il, votre bonheur et celui de votre » famille ; Dieu m'en est témoin. Mon ami, il faut » aller en France ; je vous y ferai avoir du service. » Dans votre absence j'aurai soin de votre mère » comme de la mienne ; » et en même temps il lui présenta la main : mais Paul retira la sienne, et détourna la tête pour ne pas le voir.

Pour moi, je restai dans l'habitation de mes amies infortunées, pour leu[illegible]aner, ainsi qu'à Paul, tous les secours dont j'étais capable. Au bout de trois semaines Paul fut en état de marcher ; mais son chagrin paraissait augmenter à mesure que son corps reprenait des forces. Il était insensible à tout, ses regards étaient éteints, et il ne répondait rien à toutes les questions qu'on pouvait lui faire. Madame de La Tour, qui était mourante, lui disait souvent : « Mon fils, » tant que je vous verrai, je croirai voir ma chère » Virginie ! » A ce nom de Virginie il tressaillait et s'éloignait d'elle malgré les invitations de sa mère, qui le rappelait auprès de son amie. Il allait seul se retirer dans le jardin, et s'asseyait au pied du cocotier de Virginie, les yeux fixés sur sa fontaine. Le chirurgien du gouverneur, qui avait pris le plus grand soin de lui et de ces dames, nous dit que, pour le tirer de sa noire mélancolie, il fallait lui laisser faire tout ce qu'il lui plairait sans le contrarier en rien ; qu'il n'y avait que ce seul moyen de vaincre le silence auquel il s'obstinait.

Je résolus de suivre son conseil. Dès que Paul sentit ses forces un peu rétablies, le premier usage qu'il en fit fut de s'éloigner de l'habitation. Comme je ne le perdais pas de vue, je me mis en marche après lui, et je dis à Domingue de prendre des vivres, et de nous accompagner. A mesure que ce jeune homme descendait cette montagne, sa joie et ses forces semblait renaître. Il prit d'abord le chemin des Pamplemousses; et quand il fut auprès de l'église, dans l'allée des bambous, il s'en fut droit au lieu où il vit de la terre fraîchement remuée ; là il s'agenouilla ; et, levant les yeux au ciel, il fit une longu

:re. Sa démarche me parut de bonne augure pour
etour de sa raison, puisque cette marque de con-
ce envers l'Être suprême faisait voir que son âme
nmençait à reprendre ses fonctions naturelles.
ningue et moi nous nous mîmes à genoux à son
mple, et nous priâmes avec lui. Ensuite il se
ı, et prit sa route vers le nord de l'île sans faire
ucoup d'attention à nous. Comme je savais qu'il
orait, non-seulement où on avait déposé le corps
Virginie, mais même s'il avait été retiré de la
r, je lui demandai pourquoi il avait été prier
u au pied de ces bambous, il me répondit : « Nous
avons été si souvent ! »

l continua sa route jusqu'à l'entrée de la forêt,
la nuit nous surprit. Là je l'engageai, par mon
:mple, à prendre quelque nourriture; ensuite
ıs dormîmes sur l'herbe au pied d'un arbre. Le
demain, je crus qu'il se déterminerait à revenir
· ses pas. En effet, il regarda quelque temps dans
plaine l'église des Pamplemousses avec ses lon-
es avenues de bambous, et il fit quelques mouve-
:ns comme pour y retourner; mais il s'enfonça
usquement dans la forêt, en dirigeant toujours sa
ute vers le nord. Je pénétrai son intention, et je
'efforçai en vain de l'en distraire. Nous arrivâmes,
r le milieu du jour, au quartier de la Poudre-
Or. Il descendit précipitamment au bord de la
er, vis-à-vis du lieu où avait péri le Saint-Géran.
la vue de l'île d'Ambre, et de son canal alors uni
mme un miroir, il s'écria : « Virginie ! ô ma chère
Virginie ! » et aussitôt il tomba en défaillance

Domingue et moi nous le portâmes dans l'intérieur de la forêt, où nous le fîmes revenir avec bien de la peine. Dès qu'il eut repris ses sens, il voulut retourner sur les bords de la mer; mais l'ayant supplié de ne pas renouveler sa douleur et la nôtre par de si cruels ressouvenirs, il prit une autre direction. Enfin, pendant huit jours, il se rendit dans tous les lieux où il s'était trouvé avec la compagne de son enfance. Il parcourut le sentier par où elle avait été demander la grâce de l'esclave de la Rivière-Noire; il revit ensuite les bords de la rivière des Trois-Mamelles, où elle s'assit, ne pouvant plus marcher, et la partie du bois où elle s'était égarée. Tous les lieux qui lui rappelaient les inquiétudes, les jeux, les repas, la bienfaisance de sa bien-aimée; la rivière de la Montagne-Longue, ma petite maison, la cascade voisine, le papayer qu'elle avait planté, les pelouses où elle aimait à courir, les carrefours de la forêt où elle se plaisait à chanter, firent tour à tour couler ses larmes; et les mêmes échos qui avaient retenti tant de fois de leurs cris de joie communs ne répétaient plus maintenant que ces mots douloureux : « Virginie! ô ma chère Virginie! »

Dans cette vie sauvage et vagabonde, ses yeux se cavèrent, son teint jaunit, et sa santé s'altéra de plus en plus. Persuadé que le sentiment de nos maux redouble par le souvenir de nos plaisirs, et que les passions s'accroissent dans la solitude, je résolus d'éloigner mon infortuné ami des lieux qui lui rappelaient le souvenir de sa perte, et de le transférer dans quelque endroit de l'île où il eût beaucoup de dissipation. Pour cet effet, je le conduisis sur les hauteurs habitées du quartier de Villiams, où il n'avait jamais été. L'agriculture et le commerce répandaient dans cette partie de l'île beaucoup de mouvement et de variété. Il y avait des troupes de charpentiers qui écarrissaient des bois, et d'autres qui les sciaient en planches; des voitures allaient et venaient le long de ces chemins; de grands troupeaux de bœufs et de chevaux y paissaient dans de vastes pâturages, et la campagne y était parsemée d'habitations. L'élévation du sol y permettait en plusieurs lieux la culture de diverses espèces de végétaux de l'Europe. On y voyait çà et là des moissons de blé dans la plaine, des tapis de fraisiers dans les éclaircis des bois, et des haies de rosiers le long des routes. La fraîcheur de l'air, en donnant de la tension aux nerfs, y était même favorable à la santé des blancs. De ces hauteurs, situées vers le milieu de l'île, et entourées de grands bois, on n'apercevait ni la mer, ni le Port-Louis, ni l'église des Pamplemousses, ni rien qui pût rappeler à Paul le souvenir de Virginie. Les montagnes mêmes, qui présentent différentes branches du côté du Port-Louis, n'offrent plus, du côté des plaines de Villiams, qu'un long promontoire en ligne droite et perpendiculaire, d'où s'élèvent plusieurs longues pyramides de rochers où se rassemblent les nuages.

Ce fut donc dans ces plaines où je conduisis Paul. Je le tenais sans cesse en action, marchant avec lui au soleil et à la pluie, de jour et de nuit, l'égarant exprès dans les bois, les défrichés, les champs, afin de distraire son esprit par la fatigue de son corps ; et de donner le change à ses réflexions, par l'ignorance du lieu où nous étions, et du chemin que nous avions perdu. Mais l'âme d'un amant retrouve partout les traces de l'objet aimé. La nuit et le jour, le calme des solitudes et le bruit des habitations, le temps même qui emporte tant de souvenirs, rien ne peut l'en écarter. Comme l'aiguille touchée de l'aimant, elle a beau être agitée, dès qu'elle rentre dans son repos, elle se tourne vers le pôle qui l'attire. Quand je demandais à Paul, égaré au milieu des plaines de Villiams : « Où irons-nous maintenant? » il se tournait vers le nord, et me disait : « Voilà nos » montagnes, retournons-y. »

Je vis bien que tous les moyens que je tentais pour le distraire étaient inutiles, et qu'il ne me restait d'autre ressource que d'attaquer sa passion en elle-même, en y employant toutes les forces de ma faible raison. Je lui répondis donc : « Oui, voilà les mon» tagnes où demeurait votre chère Virginie, et voilà » le portrait que vous lui aviez donné, et qu'en » mourant elle portait sur son cœur, dont les derniers » mouvemens ont encore été pour vous. » Je présentai alors à Paul le petit portrait qu'il avait donné à Virginie au bord de la fontaine des cocotiers. A cette vue, une joie funeste parut dans ses regards. Il saisit avidemment ce portrait de ces faibles mains, et le porta sur sa bouche. Alors sa poitrine s'oppressa, et dans ses yeux à demi-sanglans, des larmes s'arrêtèrent sans pouvoir couler.

Je lui dis : « Mon fils, écoutez-moi, moi qui suis » votre ami, qui ai été celui de Virginie, et qui, » au milieu de vos espérances, ai souvent tâché de » fortifier votre raison contre les accidens imprévus » de la vie. Que déplorez-vous avec tant d'amer » tumes ? est-ce votre malheur ? est-ce celui de » Virginie ?

» Votre malheur ? Oui, sans doute, il est grand. » Vous avez perdu la plus aimable des filles, qui » aurait été la plus digne des femmes. Elle avait » sacrifié ses intérêts aux vôtres, et vous avait pré- » féré à la fortune, comme la seule récompense » digne de sa vertu. Mais que savez-vous si l'objet » de qui vous deviez attendre un bonheur si pur » n'eût pas été pour vous la source d'une infinité de » peines ? Elle était sans biens, et déshéritée ; vous » n'aviez desormais à partager avec elle que votre » seul travail. Revenue plus délicate par son édu- » cation, et plus courageuse par son malheur même, » vous l'auriez vue chaque jour succomber, en s'ef- » forçant de partager vos fatigues. Quand elle vous » aurait donné des enfans, ses peines et les vôtres » auraient augmenté, par la difficulté de soutenir » seule avec vous de vieux parens, et une famille » naissante.

» Vous me direz : Le gouverneur nous aurait » aidés. Que savez-vous si, dans une colonie qui » change si souvent d'administrateurs, vous aurez » souvent des La Bourdonnais ? s'il ne viendra pas » ici des chefs sans mœurs et sans morale ? si, pour » obtenir quelques misérables secours, votre épouse

» n'eût pas été obligée de leur faire sa cour? Ou elle » eût été faible, et vous eussiez été à plaindre, ou » elle eût été sage, et vous fussiez resté pauvre : » heureux si, à cause de sa beauté et de sa vertu, » vous n'eussiez pas été persécuté par ceux mêmes de » qui vous espériez de la protection !

» Il me fût resté, me direz-vous, le bonheur, » indépendant de la fortune, de protéger l'objet » aimé qui s'attache à nous à proportion de sa fai- » blesse même, de le consoler par mes propres » inquiétudes, de le réjouir de ma tristesse, et » d'accroître notre amour de nos peines mutuelles. » Sans doute la vertu et l'amour jouissent de ces » plaisirs amers. Mais elle n'est plus, et il vous reste » ce qu'après vous elle a le plus aimé, sa mère et la » vôtre, que votre douleur inconsolable conduira au » tombeau. Mettez votre bonheur à les aider, comme » elle l'y avait mis elle-même. Mon fils, la bien- » faisance est le bonheur de la vertu ; il n'y en a » point de plus assuré et de plus grand sur la terre. » Les projets de plaisirs, de repos, de délices, » d'abondance, de gloire, ne sont point faits pour » l'homme faible, voyageur et passager. Voyez com- » me un pas vers la fortune nous a précipités tous » d'abime en abime ! Vous vous y êtes opposé, il » est vrai, mais qui n'eût pas cru que le voyage de » Virginie devait se terminer par son bonheur et » par le vôtre ? Les invitations d'une parente riche » et âgée, les conseils d'un sage gouverneur, les » applaudissemens d'une colonie, les exhortations » et l'autorité d'un prêtre, ont décidé du malheur

» de Virginie. Ainsi nous courons à notre perte, » trompés par la prudence même de ceux qui nous » gouvernent. Il eût mieux valu sans doute ne pas » le croire ni se fier à la voix et aux espérances d'un » monde trompeur. Mais enfin, de tant d'hommes » que nous voyons si occupés dans ces plaines, de » tant d'autres qui vont chercher la fortune aux In- » des, ou qui, sans sortir de chez eux, jouissent en » repos, en Europe, des travaux de ceux-ci, il n'y » en a aucun qui ne soit destiné à perdre un jour ce » qu'il chérit le plus, grandeurs, fortune, femme, » enfans, amis. La plupart auront à joindre à leur » perte le souvenir de leur propre imprudence. Pour » vous, en rentrant en vous-même, vous n'avez rien » à vous reprocher. Vous avez été fidèle à votre foi. » Vous avez eu, à la fleur de la jeunesse, la pru- » dence d'un sage, en ne vous écartant pas du sen- » timent de la nature. Vos vues seules étaient légi- » times, parce qu'elles étaient pures, simples, » désintéressées, et que vous aviez sur Virginie des » droits sacrés qu'aucune fortune ne pouvait balan- » cer. Vous l'avez perdue, et ce n'est ni votre im- » prudence, ni votre avarice, ni votre fausse sagesse » qui vous l'ont fait perdre, mais Dieu même, qui » a employé les passions d'autrui pour vous ôter » l'objet de votre amour; Dieu, de qui vous tenez » tout, qui voit tout ce qui vous convient, et dont » la sagesse ne vous laisse aucun lieu au repentir et » au désespoir, qui marchent à la suite des maux » dont nous avons été la cause.

» Voilà ce que vous pouvez vous dire dans votre » infortune : je ne l'ai pas mérité. Est-ce donc le » malheur de Virginie, sa fin, son état présent, que » vous déplorez? Elle a subi le sort réservé à la nais- » sance, à la beauté, et aux empires mêmes. La vie » de l'homme, avec tous ses projets, s'élève comme » une petite tour dont la mort est le couronnement. » En naissant, elle était condamnée à mourir. » Heureuse d'avoir dénoué les liens de la vie avant » sa mère, avant la vôtre, avant vous, c'est-à-dire » de n'être pas morte plusieurs fois avant la der- » nière !

» La mort, mon fils, est un bien pour tous les » hommes; elle est la nuit de ce jour inquiet qu'on » appelle la vie. C'est dans le sommeil de la mort » que reposent pour jamais les maladies, les dou- » leurs, les chagrins, les craintes, qui agitent sans » cesse les malheureux vivans. Examinez les hom- » mes qui paraissent les plus heureux; vous verrez » qu'ils ont acheté leur prétendu bonheur bien » chèrement : la considération publique, par des » maux domestiques; la fortune, par la perte de » la santé; le plaisir si rare d'être aimé, par des » sacrifices continuels; et souvent, à la fin d'une » vie sacrifiée aux intérêts d'autrui, ils ne voient » autour d'eux que des amis faux et des parens in- » grats. Mais Virginie a été heureuse jusqu'au der- » nier moment. Elle l'a été avec nous par les biens » de la nature; loin de nous par ceux de la vertu; » et même, dans le moment terrible où nous l'avons » vue périr, elle était encore heureuse; car, soit

» qu'elle jetât les yeux sur une colonie entière, à » qui elle causait une désolation universelle, ou sur » vous qui couriez avec tant d'intrépidité à son se- » cours, elle a vu combien elle nous était chère à » tous. Elle s'est fortifiée contre l'avenir par le » souvenir de l'innocence de sa vie, et elle a reçu » alors le prix que le ciel réserve à la vertu, un » courage supérieur au danger. Elle a présenté à la » mort un visage serein.

» Mon fils, Dieu donne à la vertu tous les événe- » mens de la vie à supporter, pour faire voir qu'elle » seule peut en faire usage, et y trouver du bonheur » et de la gloire. Quand il lui réserve une réputation » illustre, il l'élève sur un grand théâtre, et la met » aux prises avec la mort; alors son courage sert » d'exemple, et le souvenir de ses malheurs reçoit à » jamais un tribut de larmes de la postérité. Voilà » le monument immortel qui lui est réservé sur une » terre où tout passe, et où la mémoire même de la » plupart des rois est bientôt ensevelie dans un » éternel oubli.

» Mais Virginie existe encore. Mon fils, voyez » que tout change sur la terre, et que rien ne s'y » perd. Aucun art humain ne pourrait anéantir la » plus petite particule de matière, et ce qui fut » raisonnable, sensible, aimant, vertueux, reli- » gieux, aurait péri, lorsque les élémens dont il » était revêtu sont indestructibles. Ah! si Virginie » été heureuse avec nous, elle l'est maintenant bien » davantage. Il y a un Dieu, mon fils: toute la nature » l'annonce; je n'ai pas besoin de vous le prouver.

» Il n'y a que la méchanceté des hommes qui leur » fasse nier une justice qu'ils craignent. Son senti » ment est dans votre cœur, ainsi que ses ouvrages » sont sous vos yeux. Croyez-vous donc qu'il laisse » Virginie sans récompense? Croyez-vous que cette » même puissance, qui avait revêtu cette âme si » noble d'une forme si belle, où vous sentiez un art » divin, n'aurait pu la tirer des flots? que celui qui » a arrangé le bonheur actuel des hommes par des » lois que vous ne connaissez pas, ne puisse en pré» parer un autre à Virginie par des lois qui vous sont » également inconnues? Quand nous étions dans le » neant, si nous eussions été capables de penser, » aurions-nous pu nous former une idée de notre » existence? et maintenant que nous sommes dans » cette existence ténébreuse et fugitive, pouvons» nous prévoir ce qu'il y a au-delà de la mort? par où » nous en devons sortir? Dieu a-t-il besoin, comme » l'homme, du petit globe de notre terre pour servir » de théâtre à son intelligence et à sa bonté? et n'a» t-il pu propager la vie humaine que dans les champs » de la mort? Il n'y a pas dans l'Océan une seule » goutte d'eau qui ne soit pleine d'êtres vivans qui » ressortissent à nous; et il n'existerait rien pour » nous parmi tant d'astres qui roulent sur nos têtes! » Quoi! il n'y aurait d'intelligence suprême et de » bonté divine précisément que là où nous sommes; » et, dans ces globes rayonnans et innombrables, » dans ces champs infinis de lumière qui les envi» ronnent, que ni les orages ni les nuits n'obscur» cissent jamais, il n'y aurait qu'un espace vain et

» un néant éternel ! Si nous, qui ne nous sommes » rien donné, osions assigner des bornes à la puis- » sance de laquelle nous avons tout reçu, nous » pourrions croire que nous sommes ici sur les limi- » tes de son empire, où la vie se débat avec la mort, » et l'innocence avec la tyrannie.

» Sans doute il est quelque part un lieu où la vertu » reçoit sa récompense. Virginie maintenant est » heureuse. Ah ! si du séjour des anges elle pouvait se » communiquer à vous, elle vous dirait, comme » dans ses adieux : O Paul ! la vie n'est qu'une épreu- » ve. J'ai été trouvée fidèle aux lois de la nature, de » l'amour et de la vertu. J'ai traversé les mers pour » obéir à mes parens ; j'ai renoncé aux richesses pour » conserver ma foi ; et j'ai mieux aimé perdre la vie » que de violer la pudeur. Le ciel a trouvé ma car- » rière suffisamment remplie. J'ai échappé pour » toujours à la pauvreté, à la calomnie, aux tempêtes, » au spectacle des douleurs d'autrui. Aucun des maux » qui effraient les hommes ne peut plus désormais » m'atteindre ; et vous me plaignez ! Je suis pure et » inaltérable comme une particule de lumière ; et » vous me rappelez dans la nuit de la vie ! O Paul ! » ô mon ami ! souviens-toi de ces jours de bonheur, » où dès le matin nous goûtions la volupté des cieux, » se levant avec le soleil sur les pitons de ces rochers, » et se répandant avec ses rayons au sein de nos fo- » rêts. Nous éprouvions un ravissement dont nous ne » pouvions comprendre la cause. Dans nos souhaits » innocens nous désirions être tout vue, pour jouir » des riches couleurs de l'aurore ; tout odorat, pour

» sentir les parfums de nos plantes ; tout ouïe, pour » entendre les concerts de nos oiseaux ; tout cœur, » pour connaître ces bienfaits. Maintenant à la source » de la beauté d'où découle tout ce qui est agréable » sur la terre, mon âme voit, goûte, entend, touche » immédiatement ce qu'elle ne pouvait sentir alors » que par de faibles organes. Ah ! quelle langue » pourrait décrire ces rivages d'un orient éternel » que j'habite pour toujours ! Tout ce qu'une puis- » sance infinie et une bonté céleste ont pu créer pour » consoler un être malheureux ; tout ce que l'amitié » d'une infinité d'êtres, réjouis de la même félicité, » peut mettre d'harmonie dans des transports com- » muns, nous l'éprouvons sans mélange. Soutiens » donc l'épreuve qui t'est donnée, afin d'accroître » le bonheur de ta Virginie par des amours qui » n'auront plus de terme, par un hymen dont les » flambeaux ne pourront plus s'éteindre. Là j'apaiserai » tes regrets ; là j'essuierai tes larmes. O mon ami ! » mon jeune époux, élève ton âme vers l'infini pour » supporter des peines d'un moment. »

» Ma propre émotion mit fin à mon discours. Pour Paul, me regardant fixement, il s'écria : « Elle n'est » plus ! » elle n'est plus ! et une longue faiblesse succéda à ces douloureuses paroles. Ensuite, revenant à lui, il dit : « Puisque la mort est un bien, et que » Virginie est heureuse, je veux aussi mourir pour » me rejoindre à Virginie. » Ainsi mes motifs de consolation ne servirent qu'à nourrir son désespoir. J'étais comme un homme qui veut sauver son ami coulant à fond au milieu d'un fleuve sans vouloir nager. La douleur l'avait submergé. Hélas! les malheurs du premier âge préparent l'homme à entrer dans la vie, et Paul n'en avait jamais éprouvé.

Je le ramenai à son habitation. J'y trouvai sa mère et madame de La Tour dans un état de langueur qui avait encore augmenté. Marguerite était la plus abattue. Les caractères vifs, sur lesquels glissent les peines légères, sont ceux qui résistent le moins aux grands chagrins.

Elle me dit : « O mon bon voisin! il m'a semblé,
» cette nuit, voir Virginie vêtue de blanc, au milieu
» de bocages et de jardins délicieux. Elle m'a dit :
» Je jouis d'un bonheur digne d'envie. Ensuite elle
» s'est approchée de Paul d'un air riant, et l'a enlevé
» avec elle. Comme je m'efforçais de retenir mon
» fils, j'ai senti que je quittais moi-même la terre,
» et que je le suivais avec un plaisir inexprimable.
» Alors j'ai voulu dire adieu à mon amie, aussitôt je
» l'ai vue qui nous suivait avec Marie et Domingue.
» Mais ce que je trouve encore de plus étrange, c'est
» que madame de La Tour a fait, cette même nuit,
» un songe accompagné des mêmes circonstances. »

Je lui répondis : « Mon amie, je crois que rien
» n'arrive dans le monde sans la permission de Dieu.
» Les songes annoncent quelquefois la vérité. »

Madame de La Tour me fit le récit d'un songe tout-à-fait semblable, qu'elle avait eu cette même nuit. Je n'avais jamais remarqué dans ces deux dames aucun penchant à la superstition; je fus donc frappé de la concordance de leur songe, et je ne doutai pas en moi-même qu'il ne vînt à se réaliser. Cette opinion que la vérité se présente quelquefois à nous pendant le sommeil, est répandue chez tous les peuples de la terre. Les plus grands hommes de l'antiquité y ont ajouté foi, entre autres Alexandre, César, les Scipion, les deux Caton, et Brutus, qui n'étaient pas des esprits faibles. L'ancien et le nouveau Testament nous fournissent quantité d'exemples de songes qui se sont réalisés. Pour moi, je n'ai besoin, à cet égard, que de ma propre expérience, et j'ai éprouvé plus d'une fois que les songes sont des avertissemens que nous donne quelque intelligence qui s'intéresse à nous. Que si l'on veut combattre ou défendre avec des raisonnemens des choses qui surpassent la lumière de la raison humaine, c'est ce qui n'est pas possible. Cependant si la raison de l'homme n'est qu'une image de celle de Dieu, puisque l'homme a bien le pouvoir de faire parvenir ses intentions jusqu'au bout du monde par des moyens secrets et cachés, pourquoi l'intelligence qui gouverne l'univers n'en emploirait-elle pas de semblables pour la même fin? Un ami console son ami par une lettre qui traverse une multitude de royaumes, circule au milieu des haines des nations, et vient apporter de la joie et de l'espérance à un seul homme : pourquoi le souverain protecteur de l'innocence ne peut-il venir, par quelque voie secrète, au secours d'une âme vertueuse qui ne met sa confiance qu'en lui seul. A-t-il besoin d'employer quelque signe extérieur pour exécuter sa volonté, lui qui agit sans cesse dans tous ces ouvrages par un travail intérieur.

Pourquoi douter des songes? La vie, remplie de

tant de projets passagers et vains, est-elle autre chose qu'un songe ?

Quoi qu'il en soit, celui de mes amies infortunées se réalisa bientôt. Paul mourut deux mois après la mort de sa chère Virginie, dont il prononçait sans cesse le nom. Marguerite vit venir sa fin, huit jours après celle de son fils, avec une joie qu'il n'est donné qu'à la vertu d'éprouver. Elle fit les plus tendres adieux à madame de La Tour, « dans l'espérance, » lui dit-elle, d'une douce et éternelle réunion. La » mort est le plus grand des biens, ajouta-t-elle; on » doit la désirer. Si la vie est une punition, on doit » en souhaiter la fin; si c'est une épreuve, on doit » la demander courte. »

Le gouvernement prit soin de Domingue et de Marie, qui n'étaient plus en état de servir, et qui ne survécurent pas long-temps à leurs maîtresses. Pour le pauvre Fidèle, il était mort de langueur à peu près dans le même temps que son maître.

J'amenai chez moi madame de La Tour, qui se soutenait au milieu de si grandes pertes avec une grandeur d'âme incroyable. Elle avait consolé Paul et Marguerite jusqu'au dernier instant, comme si elle n'avait eu que leur malheur à supporter. Quand elle ne les vit plus, elle m'en parlait chaque jour comme d'amis chéris qui étaient dans le voisinage. Cependant elle ne leur survécut que d'un mois. Quant à sa tante, loin de lui reprocher ses maux, elle priait Dieu de les lui pardonner, et d'apaiser les troubles affreux d'esprit où nous apprîmes qu'elle était tombée immédiatement après qu'elle eut renvoyé Virginie avec tant d'inhumanité.

Cette parente dénaturée ne porta pas loin la punition de sa dureté. J'appris, par l'arrivée successive de plusieurs vaisseaux, qu'elle était agitée de vapeurs qui lui rendaient la vie et la mort également insupportables. Tantôt elle se reprochait la fin prématurée de sa charmante petite nièce, et la perte de sa mère qui s'en était suivie. Tantôt elle s'applaudissait d'avoir repoussé loin d'elle deux malheureuses qui, disait-elle, avaient déshonoré sa maison par la bassesse de leurs inclinations. Quelquefois, se mettant en fureur à la vue de ce grand nombre de misérables dont Paris est rempli : « Que n'envoie-t-on, s'é» criait-elle, ces fainéans périr dans nos colonies ? » Elle ajoutait que les idées d'humanité, de vertu, de religion, adoptées par tous les peuples, n'étaient que des inventions de la politique de leurs princes. Puis, se jetant tout-à-coup dans une extrémité opposée, elle s'abandonnait à des terreurs superstitieuses qui la remplissaient de frayeurs mortelles. Elle courait porter d'abondantes aumônes à de riches moines qui la dirigeaient, les suppliant d'apaiser la divinité par le sacrifice de sa fortune : comme si des biens qu'elle avait refusés aux malheureux pouvaient plaire au père des hommes ! Souvent son imagination lui représentait des campagnes de feu, des montagnes ardentes, où des spectres hideux erraient en l'appelant à grands cris. Elle se jetait aux pieds de ses directeurs, et elle imaginait contre elle-même des tortures et des supplices; car le ciel, le juste ciel, envoie aux âmes cruelles des religions effroyables.

Ainsi elle passa plusieurs années, tour à tour athée et superstitieuse, ayant également en horreur la mort et la vie. Mais ce qui acheva la fin d'une si déplorable existence, fut le sujet même auquel elle avait sacrifié les sentimens de la nature. Elle eut le chagrin de voir que sa fortune passerait après elle à dès parens qu'elle haïssait. Elle chercha donc à en aliéner la meilleure partie; mais ceux-ci, profitant des accès de vapeurs auxquels elle était sujette, la firent enfermer comme folle, et mettre ses biens en direction. Ainsi ses richesses mêmes achevèrent sa perte; et, comme elles avaient endurci le cœur de celle qui les possédait, elles dénaturèrent de même le cœur de ceux qui les désiraient. Elle mourut donc; et, ce qui est le comble du malheur, avec assez d'usage de sa raison pour connaître qu'elle était dépouillée et méprisée par les mêmes personnes dont l'opinion l'avait dirigée toute sa vie.

On a mis auprès de Virginie, au pied des mêmes roseaux, son ami Paul, et autour d'eux leurs tendres mères et leurs fidèles serviteurs. On n'a point élevé de marbres sur leurs humbles tertres, ni gravé d'inscriptions à leurs vertus; mais leur mémoire est restée ineffaçable dans le cœur de ceux qu'ils ont obligés. Leurs ombres n'ont pas besoin de l'éclat qu'ils ont fui pendant leur vie; mais si elles s'intéressent encore à ce qui se passe sur la terre, sans doute elles aiment à errer sous les toits de chaume qu'habite la vertu laborieuse, à consoler la pauvreté mécontente du sort, à nourrir dans les jeunes amans une flamme durable, le goût des biens naturels, l'amour du travail, et la crainte des richesses.

La voix du peuple, qui se tait sur les monumens élevés à la gloire des rois, a donné à quelques parties de cette île des noms qui éterniseront la perte de Virginie. On voit près de l'Ile d'Ambre, au milieu des écueils, un lieu appelé LA PASSE DU SAINT-GERAN, du nom de ce vaisseau qui y périt en la ramenant d'Europe. L'extrémité de cette longue pointe de terre que vous apercevez à trois lieues d'ici, à demi couverte des flots de la mer, que le Saint-Géran ne put doubler, la veille de l'ouragan, pour entrer dans le port, s'appelle le CAP MALHEUREUX; et voici devant nous, au bout de ce vallon, LA BAIE DU TOMBEAU, où Virginie fut trouvée ensevelie dans le sable, comme si la mer eût voulu rapporter son corps à sa famille, et rendre les derniers devoirs à sa pudeur sur les mêmes rivages qu'elle avait honorés de son innocence.

Jeunes gens si tendrement unis! mères infortunées! chère famille! ces bois qui vous donnaient leurs ombrages, ces fontaines qui coulaient pour vous, ces côteaux où vous reposiez ensemble, déplorent encore votre perte. Nul, depuis vous, n'a osé cultiver cette terre désolée, ni relever ces humbles cabanes. Vos chèvres sont devenues sauvages; vos vergers sont détruits; vos oiseaux se sont enfuis, et on n'entend plus que les cris des éperviers qui volent en rond au haut de ce bassin de rochers. Pour moi, depuis que je ne vous vois plus, je suis comme un ami qui n'a plus d'amis, comme un père qui a perdu ses enfans comme un voyageur qui erre sur la terre, où je suis resté seul.

En disant ces mots, ce bon vieillard s'éloigna en versant des larmes; et les miennes avaient coulé plus d'une fois pendant ce funeste récit.

# TABLE.

LIMOGES ET ISLE
Imprimeries Louis et Eugène Ardant frères

www.ingramcontent.com/pod-product-compliance
Ingram Content Group UK Ltd.
Pitfield, Milton Keynes, MK11 3LW, UK
UKHW031845260826
14628UKWH00002B/600

9 782012 163263